# LAS OBSESIONES DE TOMÁS RODAJA

Order this book online at www.trafford.com
or email orders@trafford.com

Most Trafford titles are also available at major online book retailers.



Note for Librarians: A cataloguing record for this book is available from Library and Archives Canada at www.collectionscanada.ca/amicus/index-e.html

Printed in Victoria, BC, Canada.

ISBN: 978-1-4251-9145-0 (sc)

*We at Trafford believe that it is the responsibility of us all, as both individuals and corporations, to make choices that are environmentally and socially sound. You, in turn, are supporting this responsible conduct each time you purchase a Trafford book, or make use of our publishing services. To find out how you are helping, please visit www.trafford.com/responsiblepublishing.html*

*Our mission is to efficiently provide the world's finest, most comprehensive book publishing service, enabling every author to experience success. To find out how to publish your book, your way, and have it available worldwide, visit us online at www.trafford.com*

*Trafford rev. 6/12/2009*

www.trafford.com

**North America & international**
toll-free: 1 888 232 4444 (USA & Canada)
phone: 250 383 6864 • fax: 250 383 6804 • email: info@trafford.com

**The United Kingdom & Europe**
phone: +44 (0)1865 487 395 • local rate: 0845 230 9601
facsimile: +44 (0)1865 481 507 • email: info.uk@trafford.com

# Las Obsesiones de Tomás Rodaja

*Memorial singular del varón conocido como Tomás Rodaja, recogido y pulido por cuenta de D. Clemente Pablos que, en su explayada elocuencia y conforme la cualidad que tiene, lo estima útil para acrecentar el entendimiento y la virtud de las personas del reino de España y otras múltiples geografías donde se practica el habla castellana.*

**Leoncio Estévez Reyes**

*"El tiempo llegará en el que los hombres enloquecerán y al ver a alguien que no comparte su locura, le atacarán diciendo: 'Tú no estás loco, tú no eres uno de los nuestros' ".*

**Antonio El Grande**

*"Habiéndome despojado de todas las ilusiones, me he vuelto loco".*

**Friedrich Nietzsche**

*"La cordura era estadística; apenas una cuestión de aprender a pensar como ellos pensaban".*

**George Orwell**

ÍNDICE

# PROLEGÓMENO

Cosa mala es para los hombres la ignorancia. Y con mayores veras es cuando está arraigada en los de oscura alma y bajos pensamientos, porque suele producir en éstos los mayores estragos. Principal ejemplo es el del gañán que persiguiendo un veneficio, por no saber de ortografías, trocó utilidades en hechicerías, perdiendo con ello la vida. Ya lo dijo Alemán, con preclaro ingenio: que el vulgo no repara en moralidades ni nobleza sino en lo que oyó cantar al gallo y lo que le respondió la vaca, porque no requiere esfuerzo y como se coge, se pega. Pero así le va.

No anhela Servidor, por no ser materia de misal ni carne de culto ni patrono de villa alguna, el corregir el barbarismo y número desigual de los ignaros; más, como no somos todos un mismo hombre y un mismo gusto, me ha parecido justo el preservar, para quien quiera aprovecharlas, las doctrinas de quien parece allegado al dar razón, siendo que ha sido castigado por el deambular de una mente errátil y por carecer de ella. Ese, y no otro, es el motivo que me mueve a presentar a Vuestra Señoría los folios que aquí siguen. Porque, considerando no haber libro tan malo donde no se halle algo bueno, es posible que en el exceso de frutos de la imaginación que el autor de estos desquiciados textos ha volcado, encuentre algún lector oportunidad de ensayar conductas en su fantasía y trocarlas en el devenir cotidiano por sus antípodas, tras ver el escarmiento que crían representado vivamente en estas letras. Tal es el único mérito de revivir en la mente ensueños y desvaríos: impedirle a la vida el cobrarnos con vergonzosa condena, como pena de nuestras culpas, el desenfreno de duplicarlos en nuestros libres actos.

Dicho lo dicho, para el mejor entendimiento de la aparición de este libro, me queda solo mencionar quién lo ha gestado y de cómo vino a traerlo al mundo, tras harto pesada y triste brega con el equilibrio de su mente, para que quede claro que no hay en él motivo de interés ni ostentación de ingenio que puedan mancillar las lecciones que contiene. Y para que se sepa la razón del nombre que aparece en su portada, aunque reniegue de él el mismo autor, entre el cantar de gallos de sus páginas. No requiero de extendidas arengas para seguir tal envite y a su persecución, seguidamente, me encomiendo.

Ha de saber Su Excelencia que, allá por los idus septembrinos, viniendo de mis viñedos a las riberas del Tormes, hallé en ellas, debajo de un árbol, temblando como una hoja y poseído por las fiebres, a un hombre seco y en los huesos, turbado en el habla y en los sentidos pero con rasgos de haber gastado menos años de los que su apariencia sugería. Me llegué a él y preguntele de donde era y que hacía en tales soledades. A lo que comenzó a dar terribles voces de que no me le acercase porque le quebraría: que era él todo de vidrio, desde la testa a los juanetes. Acto seguido me pidió que no le hablase fuerte, porque la fuerza de las palabras llevadas por el aliento tenía también el poder de causarle maleficio y era el motivo de que huyese de la presencia de sus humanos pares.

Entre susurros, aguijoneado por la curiosidad y la presencia del sufrimiento ajeno, le pedí que me diera noticia del origen y razón de su infortunio; a lo que el malaventurado convino a dar cumplimiento, a condición de que acogiese yo, sin oponer reparos, tres circunstancias que para él eran vitales: ser el único en emitir palabras, para evitar ruidos mayores; que asumiese servidor el oficio de Analista, que entendí que en sus desvaríos era como mentaba a un quehacer a medio camino entre escribano y confesor, porque no amerita diálogo sino paciencia para transcribir y compasión para dejarle los juicios al altísimo; y que tuviera lugar tal intercambio en las vecindades de alguna lumbre, por ser, ésta, fuente del sosiego de recordarle el órgano donde su naturaleza vítrea había sido engendrada. Tal coincidencia, pues como es sabido de Vuestra Señoría, los misterios de amalgamar las arenas y la potasa no me son ajenos, contribuyó a desencadenar mi compasión; dile el visto bueno a sus condiciones y procedí a ofrecerle albergue, el que aceptó sin mayores reticencias que las debidas a la del transporte de su naturaleza sutil y delicada. Pusiéronle mis criados en un carro, dentro de un par de cuévanos que traíamos para la vendimia, todo cubierto de paja para evitarle mayores penas, y nos hicimos al camino.

Una vez en casa, procedió el buen y frágil hombre, en días subsiguientes, a dar cumplido mandamiento a lo convenido; lo que me obligó a escribir gran número de folios para aprehender los múltiples discursos que la mente calenturienta le iba pariendo. Los mismos que en este manuscrito presento a Vuestra Señoría. En ellos figura la noción de que venía del futuro, lo que es la confirmación de la gran enfermedad que le aquejaba el entendimiento; la cual, a pesar de los muchos remedios que intentamos, no solo no disminuyó, sino que acabó por pasársele al cuerpo. Harta contribución ha de haber hecho a tal desenlace la circunstancia de que, por alegar ser de vidrio, no se metía nuestro orate en la boca cosa que no fuese transparente; lo que le permitía beber agua fresca, mayormente, pero no le daba oportunidad de engullir ningún alimento.

Para hacer corto el relato, resta decir que la mengua le apretó de tal manera y le puso tal prisa de morirse que a los catorce días hubo que llevarle a la sepultura. A la que le trasladamos llorando todas las gentes a las que, por su buen ingenio, notable habilidad, feliz memoria y juicio digno de causar espanto, demostrado con largueza en la agudeza de muchos de sus dichos, en tan corto tiempo nos fue dado estimarlo.

Estando en el camposanto y dando el cura los responsos de lugar, se apersonó, como salido de la nada, un labriego cargado tanto de hombros como de años, al que, por sus ropas, largas en remiendos y fregados y cortas de lustre, era claro que dinero y Fortuna nunca contaron entre sus favoritos. Acercándose a las árganas en las que convinimos enterrar a nuestro lunático para honrar su extraordinario extravío, y que le dejaban el visado al descubierto, les echó una mirada y, como herido de rayo y sin poder articular palabra, emitió una sucesión de pesarosos quejidos que nos helaron el corazón a los presentes y culminaron con su desmayo.

Al volver en sí nos dio noticia de que el cadáver había en vida sido un su hijo, perdido desde hacía meses tras el ataque primerizo de la locura. Y de que se había acercado hasta el cementerio por habérsele llegado rumor de su paradero, en la persona de una de mis lavanderas. Por tal portento nos enteramos del verdadero origen del difunto, el que las fiebres le habían torcido en la sesera.

Tras darle al occiso cristiana sepultura, siendo que el afligido padre sabía tanto de letras como sabe el mudo de discursos, quedó en mis manos el destino de las crónicas de Tomás Rodaja, que así mentaban en vida los deudos al recién fallecido. Y el paso de los días con tanta hondura me ha ido hincando las fábulas y el ingenio de quien en este manuscrito me hizo tejer razones con las hebras de su sinrazón, que me ha quitado el miedo que, con razón, debiera tener en ofreceros estas sus primicias.

Como es harto evidente, pues, que me han forzado estas larguísimas aclaratorias a abusar de la paciencia de Vuestra Señoría, me retraigo bajo la sombra de vuestra protección y generosidad y en ella busco cobijo para desplegar lo que en estas páginas sigue. Que, con vuestra grandeza como aval, las mismas como buenas se tengan para honra mayor de Vuestra Señoría, cuya vida conserve el Altísimo en su servicio por largos y dichosos años. Tal es el deseo de vuestro servidor, Clemente Pablos.

# LA IMPORTANCIA DE LLAMARSE ANGULO

Eso de poder hablar de cualquier cosa puede convertirse en un boomerang: hay tantas banalidades en mi vida esperando que las trille. Pero, como quedarse callado ni es una opción ni está en mi naturaleza, déjame empezar por el principio.

Debo confesarte que nunca he estado feliz con mi nombre. Siempre me pareció que unas palabras que quedarán permanentemente adheridas a lo que somos o, peor aun, en la práctica, con el potencial de reemplazar, por abstracción, la esencia de lo que somos, deberían ser escogidas con mucho cuidado y ese, desafortunadamente, no creo que fuese mi caso.

En lugar de sopesar el asunto y sus implicaciones con la solicitud que amerita, mi abuela se erigió en juez de apelaciones y, con la celeridad de quien amanece cada día sabiéndose todas las respuestas y, por ende, no requiere de reflexiones, emitió jurisprudencia resolutoria: "Se llamará como su padre". Tal sentencia, afortunadamente para mí que ni soy personaje de novelas ni soy gallego, me libró de que me endilgasen el patronímico del abuelo Filomeno. Pero del Eustaquio Secundino no me preservaron ni la carencia de frutos ni la progenitura ni el deslinde con la ficción ni la geografía. Ni siquiera el modesto detalle de que el marido de mi madre respondía al nombre de José María. Y como si esto no fuese lastre suficiente y requiriese de complemento, dado que mi llegada al mundo se produjo en día de Santo Tomás, al santo apóstol me encomendaron.

Con tales señas de identidad, y en ausencia de defecto evidente o de una luenga y no necesariamente virtuosa trayectoria que me adjudicasen la salvación de algún remoquete o cognomento, desde muy temprano me sentí forzado a recitar un par de antecedentes recibidos de mi santa madre, para tratar de diluir las miradas de inteligencia recibidas cada vez que, a lo largo de mi infancia, me tocó mencionarlas: el hecho de que Secundino fue el cuñado y asistente de San Patricio y primer Obispo de Dunshaughlin y que el fructífero Eustaquio fue un famoso general romano que se convirtió al catolicismo al ver una cruz entre las astas del ciervo al que se disponía a ultimar. La introducción de tales datos trajo siempre un: "¡Ah! ¡Naturalmente!, de ahí viene lo de los cuernos", de respuesta, si el interlocutor era un adulto; o una sonrisa de burla y algún versillo insultante: "Secundino, nariz de pingüino", si se trataba de un menor de edad. Pero yo seguí apelando de continuo a ambas anécdotas, quizá para arropar mis nombres y disminuir la vergüenza que me producía el presentar su fealdad al desnudo; hasta que, pasada la pubertad, me decidí a arrojarlas a las arenas movedizas del desuso, abrazadas a los nombres que las generaron.

Para barnizar el lienzo, resulta que mis genes vienen de un árbol tan tupido como confuso; por una parte, lleno de alanos, albarraniegos, cruzados, descastados, falderos, jateos, lucharniegos, podencos, zarceros y otras gentes proclives al darse a perros y, por la otra, de suidos, marranos, artiodáctilos, verracos y caracteres similares, afines y conexos. Si no estrictamente de cuerpo, ciertamente de alma. O sea, Rodaja Angulo; apellidos que hablan de raíces en Extremadura y León o Burgos o algún otro rincón de Castilla, según se crea a unos u otros; aunque, si me pongo poético, acabo citando a Gracia-Dei y especulando que, en realidad, el origen ha de estar en Escocia, lo que explicaría las conexiones ontológicas, geográficas y emocionales del arrase de ojos y los moqueos que me embargan cada vez que alguna pájara me manda a soplar gaitas. El hecho es que quedé en Eustaquio Secundino de Santo Tomás Rodaja Angulo, para servir a Dios y a usted, como me enseñó la abuela, tres días después de haber visto la luz por vez primera, en viernes, en un lugar de Andalucía de cuyo nombre no quiero acordarme. De tal cima he bajado en ocasiones para ser Tomás, Tomasito, Tito o el bastardo de la Lucía, según y a quien se interrogue; y vuelto a escalar a todo gas, cuando alguna metida de pata ha hecho que mi madre, u otra autoridad pertinente, requiera airadamente mi presencia.

Mi fijación con los nombres no ha amainado nunca. A ello no poco contribuyó un maestro que, en mis días de internado, pasaba la lista de asistentes en el comedor con rimas relacionadas con la comida. Si en el almuerzo servían pollo, al iniciar el reclamo decía: “A Álvarez Rojo le toca el ojo”. Con el siguiente alumno la letanía trocaba en: “A Aparicio Salas le tocan las alas”. Y así seguía la versificación y el reparto. Para Bacalao Oropeza, la cabeza. A Bermúdez Lechuga, la pechuga. A Bugallo Serna, la pierna. Y al llegar a mí, el verso era, invariablemente: “A Rodaja Angulo le daremos… ¿Qué le daremos a tal bellaco?”, lo que era coreado con carcajadas. Tras meses de sufrir esta indignidad, un buen día decidí que ya bastaba, así que en lo que el enseñador terminó de vocear: "Rodaja Angulo", le corté, levantándome de la mesa y gritando: "Rodaja Angulo se rehúsa a comer pollo". Huelga decir que esta acción transformó el comedor en una gallera y elevó mi condición en cosa de minutos: de espurio casi que a regente del Santo Oficio; puesto que, más cardenales que los que congregó en mis lomos la vara del preceptor solo los puede reunir el Papa.

En fin. De tarde en tarde regreso al especular y pienso que si, en lugar de hispano, fuese sajón, bretón, flamenco u occitano, mis nombres probablemente enunciarían el oficio originario de mi familia: cazador, tejedor, herrero, granjero, etc., en lugar de limitarse a nombrar el lugar de donde venimos; porque el no dar golpe y sentirse orgulloso de ello parece que no tiene audiencia decente allende el Cantábrico o los Pirineos. Pero cuando me asaltan tales ensueños suelo hacerme presente que, si el oficio dictase el nombre, los ajustados a mi familia serían Chulo Rufián o Borracho Canalla. O cualquier combinación de ellos. Así que Rodaja y Angulo, aunque no tengan particular brillo ni mérito, si no se cuenta el de hacerme aborrecer el pollo, al menos no me exacerban la turbación del ánimo.

Todo esta reláfica viene a colación porque, el otro día, después de meses de inefable tranquilidad, Alexis me revolvió el nominal avispero; lo que a estas alturas, ya podrás figurarte, requiere de bien poco brío. Pero ya lo he dicho antes: primero lo primero y siendo que el galeón ya se ha hecho a la mar, rememos.

Alexis es un infeliz, colega de la oficina. De éstos que

creen que un diploma emitido por una universidad nacional exonera a cualquier cristiano del delito de estolidez. Pasmado como es, si se ha tropezado alguna vez con aquello de que "lo que Natura non da, Salamanca non presta", no ha caído en cuenta de que le aplica. El caso es que el sujeto de marras me ha contado que a la hija que esperan su mujer y él, noticia que debe a las maravillas tecnológicas encarnadas en el ecosonograma, ya le han escogido nombre. Como la parienta se llama Nilsen y la criatura en camino, y aquí me limito a citar, así que no me acuses de edulcorado, es "fruto del amor compartido", han tomado las primeras letras de ambos nombres y le bautizarán como Alni. Al oír esto, en seguida le comenté que es una gran fortuna que él no se llame Publio y su mujer Talía; a lo que respondió con cara de quien no tiene ojos. Lo dejé de ese tamaño porque intentar explicarle el chiste, con el moho que le ha criado el ingenio, sería perder el tiempo. Pero en seguida la mente se me enredó en el juego de buscar combinaciones embarazosas adicionales para la criatura en ciernes, e incluso para un eventual hermano, mezclando las sílabas iniciales de posibles parejas progenitoras: Catalina y Gonzalo, Manuel y Montserrat, Zoraida y Ramón, Mario y Concepción, Ramiro y Erato. Cuando quise parar, ya se me había ido media jornada laboral; con tal fervor trabaja mi mente en este tema. Pero la cosa no se quedó así. Nunca se queda.

Esta mañana, leyendo la revista cultural de mi otro vecino en la oficina, al inicio de lo que intentaba que fuese una semana de trabajo rutinaria, me encuentro con que un preclaro escritor, orador, autor teatral, glorioso compositor de canciones autóctonas, poeta y escribidor en general, galardonado tres veces por entes gubernamentales y con el título de Kalasuri, que así modestamente se define en su anuncio Don Arieseminayann Ahubuduvatan, lo que sin duda lo equipara con la mayoría de los novelistas en España o, por lo menos, con lo que éstos opinan de si mismos, se ofrece para escoger y asignar nombres a los recién nacidos cingaleses. Dice el Sr. Ahubuduvatan que el nombre es el mejor regalo que se le puede hacer a un ser humano e insiste en que éste ha de escogerse cuidadosamente para que sea, a la vez, llamativo, atractivo a terceros, melodioso, lleno de significado, fácil de pronunciar, que rime con los apellidos y acorde con los cálculos numerológicos apropiados, a fin de poder garantizar una larga vida, progreso y popularidad. ¡Joder! ¡Más claro, imposible! Bien lo intuía yo, en medio de mis resentimientos para con mi abuela.

Al sustraerme de la lectura de tanta sabiduría emanada de algún lugar entre Colombo y Batticaloa, mi mente ya tenía toda la estrategia pergeñada: decidí mudarme a Sri Lanka en el plazo de un par de meses y cambiarme el nombre. Nunca me había sentido tan seguro de algo en mi vida. Esta gente es mayormente vegetariana, así que lo del pollo es asunto resuelto. Pero, claro, no soy un loco. Lo he meditado por horas y me he dado cuenta de que, antes de dar tal salto, y apartando los asuntos de orden práctico, como pedir una cita en la embajada para discutir lo que concierne a la inmigración, hay asuntos existenciales que debo resolver con antelación. ¿No te parece?

Ahora mismo, lo primordial es estudiar cual habrá de ser mi nuevo nombre cingalés. Esta vez sí que le daré la consideración que ha debido tener desde el principio. No suele uno tener tal oportunidad más de una vez en la vida y, ésta, estoy decidido a aprovecharla al máximo. Por ahora me debato entre Soyunob Sesolosé y Bastar Dothupadrec Abrón. Lo malo es que ninguno rima con Rodaja y Angulo… y ni siquiera con José María.

# LA TORTURA INFINITA

¿Alguna vez has hecho el ridículo? Por favor, no me digas que no; porque no quiero descubrir que el único bípedo que ha pasado por este despacho, capaz de cagarla en público cada dos o tres pasos, sin tener plumas que justifiquen tal acción, soy yo.

A mí me gusta imaginarme que todo el mundo ha hecho el ridículo, aunque sea una sola vez en su vida. Por ejemplo, ¿recuerdas hace unos años al presidente Aznar (todo pompa y todo solemnidad) vestido con camisa de vaquero a cuadros, arremangada hasta el codo, respondiendo preguntas de jóvenes de todos los rincones del reino y todas las tendencias ideológicas sin discriminación alguna, escogidos al azar de entre los líderes de las juventudes del Partido Popular de Madrid? Preguntas pertinentes, objetivas y espontáneas, como por ejemplo:

–Presidente, ¿tú crees que la bazofia de programa del otro candidato se puede comparar con las maravillas y excelencias de tu programa de gobierno?

–De ninguna manera –respondía don José María con la gravedad que lo caracteriza–. El nuestro está impreso a cuatro tintas con las siglas y la gaviota del partido, mientras que el del otro candidato lo han publicado en demónico papel rojo, con los caracteres y azufres de quienes planean la ruina de España.

Respuesta que la audiencia coreaba con centenares de: "¡Oh!" y "¡Ah!" de sentida admiración. ¿No lo recuerdas?

Pues me lo habré imaginado.

Pero ¿qué decir de los otros políticos? A algunos de esos es más fácil contarle los microsegundos en los que no han hecho el ridículo, porque el resto del tiempo es un bochorno total. Verbigracia, Piqué y las contorsiones circenses para justificar que donde dijo digo, dijo Diego y que él siempre se ha entendido en catalán con José María pero, claro, solo en la intimidad. ¡Ah! La de hostias que le pegaron los duros de Madrid, cada día por maitines, cuando lideraba al PP de Cataluña.

Es que ahora mismo, si me apuras, me imagino que incluso el Papa, que aspira a la perfección que encarna Aznar, si yo le preguntase si ha metido la pata alguna vez (los votos de celibato le impiden meter otra cosa), me miraría con esa cara germana entre piadosa y cabreada que le caracteriza y continuaría agitando la mano en señal de saludo. A fin de cuentas, ¿qué coño va a oír lo que yo le pregunte, trepado en ese balcón romano en el que se la pasa? ¿No te parece?

Pero lo verdaderamente importante no es este hecho en sí, sino el para sí. O como diría Hegel, lo verdaderamente sustantivo es la raíz metafísica del "trágame tierra" o el deseo de mudarme a una galaxia tan distante que ni siquiera los productores de *Viaje a las Estrellas* le hayan dedicado un episodio. Lo verdaderamente importante es que, cada vez que hago el ridículo, el cerebro nunca me deja olvidarlo.

Ese cerebro que nunca se acordaba del cumpleaños de mi ex-mujer o de traer el pan a casa al salir de la oficina. El mismo que, cuando me llevaron de emergencia al hospital con una hemorragia incontenible, ante la pregunta de cual era mi tipo de sangre, me sopló al oído: "C... o quizás H. Bueno, yo de lo que estoy seguro es de que es una letra... ¿O eran dos?" Claro, si el médico de guardia me hubiese preguntado de qué color eran las medias de Maribel Martino el día que me fumé mi primer cigarrillo para presumir ante ella y el acceso de tos me hizo vomitarle encima, ante la mirada sorprendida de los tres millones de gamberros del instituto que estaban presentes; respondería sin dudar ni un microsegundo que las medias eran rosa pálido con tulipanes brocados a media pantorrilla. Pero así es ese hideputa. Puro almacenar lo que más me jode.

Mi cerebro adora los recuerdos embarazosos. Los conserva, los amasa, los soba, les da vueltas y les hace caricias como si fueran las tetas de una novia de adolescencia. Si en el resto del personal opera del mismo modo, ésta debe ser, probablemente, la razón que hay detrás de esos suicidios inexplicables que se pueden leer, de tarde en tarde, en los periódicos. La actitud del cerebro, digo, no la falta de tetas de la novia. Aunque, viéndolo bien, esto último casi que amerita la auto-inmolación.

Imagínate el cuadro: un caballero exitoso, asesor de negocios de algún ex-presidente, beneficiario de privatizaciones, felizmente divorciado un par de veces y ensayando para una tercera con una modelo de pasarela preciosa que pudiera ser su hija; ofrece una barbacoa a sus múltiples amistades en el chalet de Aranjuez, estrenando el grill que se compró en Miami con las chuletas de carnero que le trajo un compadre desde Australia, cuando, de improviso, su cerebro (o lo que queda de él), como si fuera un tocadiscos, se pone a darle vueltas a la selección de escenas humillantes de su pasado y se detiene en la favorita A-4, la cual comienza a tocar y a retocar sin detenerse, tres millones de veces. Sin transición ninguna, el hombre se ve abrumado por la vergüenza retroactiva y allí mismo, en medio del césped vecino a la piscina, se entierra el tenedor de la barbacoa entre el occipucio y el parietal, ante los gritos de alguna señora espantada ante la posibilidad de que la sangre le arruine el traje y el comentario del compadre Nemesio que hace bastante rato que está bebido: "¡Coño, compadre! ¿Quién pidió barbacoa de sesos?"

En la agencia funeraria la gente comenta consternada que cómo es posible que le hayan puesto esa americana tan cutre al difunto, con el dineral que éste se gastó en trajes, una vez que corrió la voz de que iba para ministro. Y múltiples rumores comienzan a tomar cuerpo acerca de los motivos de tan trágica determinación. Que si los remordimientos de conciencia por haber sido falangista a tierna edad. Que si el vacío moral tras el derrumbe del Carlismo. Que si la hidráulica le estaba fallando y la novia había comprado adornos de navidad para colgárselos en la cornamenta. Que si los nexos con los traficantes de droga. Que si las complicaciones con la Audiencia Nacional. Que si las conjuros de la primera ex-esposa que practica el vudú haitiano. Que si el rollo de los parques eólicos en Canarias y los chalés en Castellón.

Por supuesto, nadie puede adivinar lo que el ahora cadáver estaba pensando al momento de tomar tan trinchante decisión. No hay manera de que sepan que, estando de novato en la Facultad, en una de esas reuniones políticas semi-clandestinas rojillas de los setenta, en las que se discutía si Fidel usó guayabera en el asalto al cuartel Moncada y si era necesario, para estimular las condiciones coyunturales que precipitarían la caída de la dictadura, el ponerse botas punk cuando se leía el diario del Ché Guevara; la camarada Maite, a quien debía nuestro prohombre la apresurada introducción en los misterios del sexo proletario y combativo, a la sombra de unas conejeras en los bajos de su casa, soltó una carcajada al dirigirse a la camarada Menchu, mientras le hacía una seña como quien mide medio dedo índice, al tiempo que explotaba en risas más que decía: "Pipicito", mirando a nuestro personaje.

Esas son memorias, no digo para enterrarse un asador en el hipotálamo, sino para darle vuelta hasta que los recuerdos queden hechos puré. ¿No es así? Y tengo el pálpito de que mucha gente debe tener incidentes como éste, grabados entre los lóbulos y las trompas de Falopio. ¿O eran las de mi tocayo Eustaquio? Bueno, las trompas esas con nombre andaluz que tiene uno de vecinas del cerebelo.

A mi cerebro, por ejemplo, le encanta recrear aquella ocasión en primavera en la que, teniendo yo quince años y estando perdidamente enamorado de una tal Mari Carmen que fue mi primera novia, sonaron los timbrazos anunciando el final de la última clase. Al llegar a la plaza frente al instituto, esa tarde particular, mi amigo Carlos tuvo la gentileza de señalar a todo el curso que aquel bulto amorfo sentado en los bancos del fondo, semi-oculto por los arbustos, y que parecía una boa constrictora en el trance de tragarse una gacela, le recordaba objetos conocidos. La boa, apuntó finalmente Carlos, tenía un parecido asombroso con Rogelio Martínez y la gacela tenía definitivamente puestas las zapatillas beige de mi damisela. "¡Ostras, que lenguazos!", recuerdo que espetó, casi sin aliento, Candela Yépez.

El tal Rogelio, uno de los atletas más exitosos del instituto, veinte centímetros más alto que yo y con el típico pecho peludo con cadena de oro incluida que traen de fábrica los macarras y los sicilianos, se parecía a un joven James Caan solo que más musculoso. Todos mis amigos miraban despepitados. Y yo pensé: "¿Ahora qué coño hago? ¿Le doy un sopapo al tío este?" En realidad eso lucía como tramitar aceleradamente dos años seguidos de tratamiento odontológico reconstructivo. "¿Le doy un sopapo a Mari Carmen?" A fin de cuentas ella si era más pequeña y delgada que yo y sus golpes dudo que me hiciesen daño. Pero mi educación cívica se opuso a tal recurso. La salida ideal hubiera sido como la escena en la película *Carrie*: que todo el mundo estallase en llamas, incluido un servidor. No te rías. El otro día leí en la revista Kabala que esas cosas pasan. Pero, claro, con la mala suerte que yo tengo, a mi no me pasan ni de cojones.

Bueno, en resumen, lo que hice ese día infame fue mirar de arriba abajo a los cómplices del besuqueo con mi mirada más despreciativa y les di la espalda, airado. Y a mi cerebro le encanta revivir la escena y gritarme al oído con toda la sorna posible: "¡Tronco, tú si eres todo un macho!", veintitrés años más tarde, mientras estoy detenido en una luz roja frente al hipermercado o haciendo fila para entrar al cine. ¡Que elocuente es el cabronazo, con su cinismo zumbón! El infame no me perdona el haber sido joven, sin experiencia y sin conocimientos de kung-fu y me asalta con escenarios en los que le meto una paliza coñacera al tal Rogelio, le doy una filípica a la lúbrica pareja hasta que se les saltan las lágrimas de puro arrepentimiento y salgo a hombros de todo el instituto, como Ronaldinho en una jornada inspirada; para después dejarme desarmado con la cruda realidad. Si es que de tanto "replay" que me ha brindado la sesera, ya tengo la opereta ensayada a la perfección, por si acaso la ciencia descubre los viajes al pasado y me deja reeditar mi desventura.

Ante toda esta tortura nazi que el cerebro es capaz de infligirme, que ríete tú del Dr. Mengele, una interrogante se me queda atravesada y sin respuesta. ¿Por qué es que oímos de intelectuales y hombres de negocio que se suicidan sin que medie explicación aparente, pero nunca oímos de ningún político mesiánico de derechas a quien los remordimientos le obliguen a tomar tan irreversible decisión, siendo que la vida pública de muchos de ellos parece plagada de piruetas acrobáticas, mentiras, infamias y contorsiones imposibles y episodios dignos de *Gaby, Fofó y Miliki*? Ni uno solo. Ni siquiera un intento de suicidio de esos de mentirijillas en los que llega un personaje salvador y le detiene la mano al prospecto de uxoricida, mientras le grita por sobre la música clásica que suena de fondo: "¡Deténgase, excelencia! Que todavía no me ha autografiado la foto del *Hola* donde aparece llorando el día que la ciudadanía echó a su partido de la Moncloa, gracias a sus manipulaciones y su cinismo". Y sospecho que la ausencia o hipertrofia de zonas cerebrales puede tener algo que ver con esta situación. A fin de cuentas, los políticos fachas, como los frascos en el mar, flotan mejor cuanto más vacíos y carentes de conciencia. Y a los pueblos les encanta la poética de esas botellas lanzadas al océano: atavismos y mitos de tesoros ancestrales perdidos entre naufragios.

Por cierto, si tú conoces a Mari Carmen Botines de la Granja, me gustaría que le dijeses que aprendí aikido y defensa personal. Que luego me fui a estudiar al exterior, saqué la licenciatura de periodismo en Yale y me doctoré en Columbia University. Y que de adulto soy mucho mejor parecido que el felpudo napolitano ese con el que se casó. Que estoy a punto de ser asesor de un prestigioso ex-presidente, ya le di mis papeles al abogado para que me arregle lo del contrato pre-nupcial y que, definitivamente, no me gustan las barbacoas… ¡Ah! Y que no le guardo rencor ninguno.

Ph.D. en Columbia ¿Oíste? Dile que Ph.D.

# LO BUENO, SI BREVE

Me parece que es bueno que sepas que, desde muy niños, nuestra madre nos inculcó, a mi hermana y a mí, el respeto a la diversidad. El que alguien, por ejemplo, fuese morado o amarillo, por efecto de la raza o por ataque de la ictericia u otra deficiencia hepática, nunca tuvo mayor influencia en nuestra valoración de la persona. O mono. O comadreja. Desde nuestra perspectiva, las relaciones, amistades y afectos que cultivamos a lo largo de nuestras vidas se basaron, siempre, en las cualidades internas de la contraparte, su capacidad de pago o en los potenciales beneficios a percibir; nunca en su fenotipo. Claro, Lidia Affigne probablemente argumentará que con cincuenta kilos menos hubiera sido objeto de mis desvelos libidinosos y no de mi sarcasmo. Pero, en mi opinión, a despecho de lo que diga la investigación alélica, la obesidad es muestra de laxitud mental y raquítica auto-estima; pecados capitales del espíritu, donde los hay. Especialmente si se es pobre.

El caso es que, fiel a tal principio y a lo predicado por el entorno, en mi catálogo de aventuras galantes figuraron, en sucesión, personajes femeninos de toda tesitura: altas, bajas, rubias, morenas, aindiadas, cuarteronas, tetudas, teticojas, planas, sumidas, ojerosas, cegajosas, bizcas, cejijuntas, chatas, narigudas, bocudas, hirsutas, lampiñas, estevadas, mancas, cojitrancas, patizambas, rencas, zanquilargas, esparrancadas, culi-paradas, culi-caídas y hasta con culos de mal asiento. Ya me creía yo que lo había visto todo y que había aprobado con un sobresaliente el renglón de la magnanimidad venérea; pero, en tal convicción, no contaba la irrupción de Mónica en mi vida.

Me explico: Mónica es diminuta. No corta de estatura, no. Acondroplásica. O dicho en castellano puro y simple, aquejada de trastornos en su crecimiento que la dejaron en una talla muy inferior a la promedio. Enana de circo, vamos. Con una cabeza y un torso más o menos proporcionado para un adulto de su edad, asumiendo que tal adulto sea un enano, y unos miembros reducidos a su mínima expresión. Las tetas y el pandeiro si que no le sufrieron ningún subdesarrollo; no, señor. La calidad de esas prestaciones, según propia confesión, es un detalle que ha tenido ella siempre muy presente.

A Mónica la conocí en una fiesta a la que me invitó Rodrigo. Rodrigo trabaja en relaciones públicas y tiene una multitud de clientes, tan ricos como llenos de curiosidades idiosincrásicas, a los que llama "un pelín excéntricos" porque nadan en dinero. Con menos pasta a la disposición se quedarían en locos de atar. Pues bien, esta fiesta era de un banquero obsesionado con María do Carmo Miranda da Cunha y las rumberas cubanas. Así que al buen gestor de caudales se le ocurrió la idea de atacar todos los aspectos del agasajo apelando al tema central de su perturbación. Para servir las bebidas y entremeses, por ejemplo, en lugar de disponer de camareros y mesas, procedió a contratar a una docena de enanos a los que guarneció con impecables réplicas del vestuario de *Embrujo Antillano*; les puso de sombreros unas tablas rectangulares con manteles floridos, sobre las cuales, en medio de bananas, piñas, uvas y chirimoyas atadas con cinta transparente a la superficie, iban las bandejas con los platillos llenos de canapés o trozos de chorizo o las copas con cócteles; y les tuvo haciendo equilibrismos, cual lavanderas en Gabón, mientras circulaban por entre los asistentes a la sala de fiestas, ofreciendo su carga, toda la noche.

Desde el primer encuentro, Mónica me hizo ver estrellas. Es que, al principio de su jornada de trabajo como reencarnación de María Antonieta Pons, asumiendo que María Antonieta reencarnase como una mesa ambulante, como no tenía dominio de las distancias y proporciones, al intentar pasar por mi lado, de regreso a la cocina, me incrustó una esquina de su sombrero-tabla en los bajos del esternón. El impacto me sacó el aire y, entre esto y el intenso dolor, acabé doblado y haciendo ruidos de paciente con enfisema, al tratar trabajosamente de restaurar mi respiración. Mónica procedió inmediatamente a acercarse a mí, presa de la culpa y los nervios y, siendo que mi altura, encorvado del todo como estaba yo, ya no era obstáculo, el extremo de su sombrero-tabla se deslizó sobre mi espalda, lo que hizo posible que su rostro se detuviese a menos de quince centímetros del mío. Esta fue la primera vez que vi sus ojos, azules como fosfato de alúmina con algo de cobre y hierro.

–¡Ay! ¡Perdóname! ¡Que torpeza la mía! –me dijo con voz de timbre argentino aunque con acento catalán–. ¿Te hice daño?

A lo que yo repliqué con un enfático: "Juui... juui… juui", al tratar de articular palabras sin contar con aire suficiente para la tarea.

–¡Es que soy más bruta…! ¡Ay! ¡Perdóname! ¡Perdóname! –continuó Mónica, pasando a la acción y acariciando suavemente mis sienes y rostro con sus diminutos dedos para, acto seguido, ordenarme–: ¡Respira hondo! ¡Venga!

Lo que me pareció una exhortación totalmente redundante porque eso, precisamente, era lo que me esforzaba, sin mucho éxito, por hacer. Pero redundantemente tierna, debo añadir, dado el matiz de preocupación en su tono.

Entre sus manipulaciones y mis esfuerzos, y tras unos minutos más que angustiosos, finalmente pude normalizar mis aspiraciones y procedí a enderezarme, sin advertir que el sombrero-tabla de Mónica casi reposaba del todo sobre mi espalda, mientras seguía atado a su cabeza. El resultado de mi movimiento fue que Mónica salió propulsada violentamente hacia un lado, sus minúsculos zapatos de tacón aleteando al perder contacto con el piso, cayó y, golpeando el sombrero-tabla contra el suelo, perdió el conocimiento. Esta vez fue mi turno para dejarme desbordar por la culpabilidad.

–¡Joder! ¿Qué he hecho? ¡Ya la he matado! ¡Y pensarán que fue por venganza! –creo que exclamé, pero no estoy seguro. Lo que recuerdo muy bien es el haber desatado su sombrero-tabla, acomodar un cojín bajo su cabeza y darle palmaditas en el rostro de muñeca de porcelana que tiene. En ese preciso instante caímos todos los presentes en cuenta de que las frutas que llevaba sobre la cabeza eran de plástico; lo que levantó un mar de murmullos y comentarios, éstos últimos por semanas enteras, sobre la tacañería de nuestro anfitrión.

–Bien podía haberse ahorrado un par de enanos y

comprarlas naturales –dijo alguien, a quien no pude identificar.

Al cabo de lo que me pareció una eternidad, Mónica abrió los ojos y, entre hondos suspiros, fue recuperando paulatinamente el control de sus sentidos, mientras yo acariciaba suavemente una de sus manecitas con la mía. Llegado este momento le pregunté: –¿Cuántos dedos puedes ver? –al tiempo que le mostraba tres de mi otra mano.

La respuesta fue inmediata: –Varios.

Tal muestra de prudencia y sagacidad, digna de un gallego, me insufló esperanza, por lo que continué: –¿Cómo te llamas?

Y me dijo: –Riitta Noora Pietikäinen-Tuomioja.

A lo que respondí: –¡Coño! Si puedes recordar ese trabalenguas ya tienes que estar bien del todo. ¿Te importa si te llamo Mónica? Es que soy disléxico, sabes, y además tengo problemas ancestrales con los nombres.

Ella sonrió, pensando quizás que era un chiste, y me dijo: –Llámame como quieras, pero no me tires al suelo otra vez, sin advertírmelo antes.

Yo le sonreí de vuelta, ¿cómo no hacerlo ante esa mirada angelical? –Bueno, Mónica, mucho gusto. Ya estamos a mano.

Mónica se incorporó con mi ayuda, recogió las frutas, las depositó sobre el sombrero, se ató éste a la cabeza y se fue a continuar con su trabajo porque, aunque finlandesa de origen, se crió en Gerona y la pela es la pela. Demás está decir que me pasé el resto de la velada extendiendo los brazos para detener, preventivamente, a las bandejas con copas y frutas plásticas que me pasaban por los lados para, acto seguido, doblar la cintura y mirar bajo los sombreros-tabla, a ver si capturaba, una vez más, la mirada pura y la sonrisa de querubín de Mónica. En tres o cuatro ocasiones tuve éxito e intercambiamos algunas frases seudo-inteligentes.

Catorce cócteles y un incipiente dolor de riñones o ciática más tarde, que tenerlo claro a esas alturas sería mucho pedir, tras tanta flexión y tanto enderezo, una bandeja se detuvo a mi lado sin necesidad de mi intervención. Era Mónica. Me dijo que ya se acababa su turno de trabajo y que si quería ir a algún lado a tomar algo. Mi primer impulso fue decirle que sí: algún medicamento para poner al hígado a filtrar con sobremarcha; pero creo que las vías de control neural desde mi corteza cerebral a la lengua estaban todas sumergidas, tras las riadas sucesivas de alcohol, y sólo me salió un: –Zííí. Zííí. Zegudddo.

Resultó ser que, por razones obvias, Mónica no se trasladaba en automóvil sino en un triciclo, así que lo cogimos y lo metimos en el maletero de mi coche y nos marchamos de la fiesta. Ella me fue guiando mientras yo conducía y en unos cuarenta minutos, descontando el tiempo que me tocó sostenerme de un poste del alumbrado público para mear, llegamos a su casa.

–¡Que bar máz raro ez ezte! Pareze un bloque de apartamentoz –le dije, mientras mi pronunciación mostraba una mejoría significativa, correlacionada con el descenso en el nivel de cócteles en mi torrente sanguíneo.

–¡Qué no es un bar, guapo! Es el sitio donde vivo.

Tras ayudarla a abrir las puertas del edificio y del piso, lo que luego me confesó que había sido un gesto dulce pero innecesario, porque podía ver la cerradura mejor que yo, siendo que le quedaba casi a la altura de los ojos; entramos a la antesala de su apartamento. En ella sólo había una alfombra persa de tonos rojizos y una mesilla con una lámpara Chippendale que arrojaba una luz cálida y tenue. Quizás por algún impulso instintivo procedí a abrir la primera puerta a su izquierda. Ahí, sin advertencia, la cruda realidad me asestó un testarazo traidor: yo que me creía tan tolerante, tan de vuelta de todo, resulta que albergaba prejuicios. No es que de golpe y porrazo se me hubiese revelado el estar de visita en Liliput. Pero casi. En esta habitación, el espacio todo era como si se hubiese comprimido para hacerse amable a las dimensiones de Mónica. Todos los objetos estaban tan juntos que parecían uno, a causa de que no había distancia que los dividiese. Alarmado le pregunté: –Oye, pero ¿dónde me voy a sentar? ¡Que no soy Verne Troyer! ¿No tienes ningún mueble para personas normales?

Y allí, al apenas acabar esta última oración, pude ver como, con velocidad de rayo, cruzó por su rostro un gesto de profunda decepción.

–Ese es el clóset –me replicó. La puerta que daba al recibo estaba frente a la mesa.

A partir de ahí, recuperar la magia se tornó imposible. Aunque hablamos de lo divino y lo profano, repasando los eventos del día, y ella me confió con largueza sus impresiones; era evidente que Mónica estaba haciendo de tripas corazón. La química que existió al inicio de la noche ya no estaba presente. La disolvió mi malhadado comentario, llevándose de paso los restos de etanol en mi torrente sanguíneo. El caso es que todas las fantasías orgiásticas que en horas más tempranas alimenté, en las que yo la vestía con ropa interior de Barbie®, transparente y sugestiva, y tras advertirle de antemano, que algunas sorpresas en el romance pueden resultar fatales, la cogía por el cogote y las nalgas y la lanzaba con fuerza, pero amorosamente, para verla surcar el espacio desde un extremo de la habitación hasta aterrizar de porrazo en la cama, se desvanecieron.

Mónica me ofreció café. Lo preparó y nos tomamos varias tazas en el sofá de la sala, de dimensiones normales. En el tiempo que pasé platicando en su compañía pude constatar su inteligencia, gracia y previsión. Para muestra, dos botones: ¿Sabes por qué los escandinavos y finlandeses no sueltan tacos y no usan el humor en sus interacciones diarias? Porque en esos países las cosas, incluyendo al gobierno, funcionan. Me lo explicó ella. Luego, en cada sitio estratégico del piso, como la cocina, el comedor, el retrete, etc., había dispuesto de escaleras de tijera de cuarenta centímetros de altura. Y, siempre a mano, varias copias de la guía telefónica de Madrid para sentarse sobre ellas. En fin, ya te digo, toda una mujer.

Pasadas las cuatro me dijo que era tarde y que tenía que levantarse temprano para asistir a una audición en un programa de payasos, en la Radio Nacional. Esa fue la puntilla. Me despedí en la puerta, con un par de besos en las mejillas que me reactivaron el dolor de cintura, y hasta el sol de hoy.

La conciencia de mis sentimientos discriminatorios hacia los infra-talludos se hizo más y más dolorosa al día siguiente y en las semanas sucesivas. La constatación de haber traicionado las enseñanzas de mi madre y la vergüenza me han impedido, desde entonces, el tratar de rescatar una posible relación con Mónica. Un día, cuando sea mejor persona, haya eliminado mis prejuicios, pueda aceptarla románticamente como lo que es y, preferiblemente, cuando esté otra vez como una cuba, juro que la llamaré. Con un poco de suerte no me reclama que no le haya devuelto el triciclo.

# FARÁNDULA FUTURA

Tengo que buscarme otro trabajo. Esta gente no tiene ni imaginación ni cojones.

Ayer le di a Carlos el boceto de una columna semanal que tiene el potencial de ser una sensación y la rechazó. Me dijo que no enganchará a los lectores. Que la gente prefiere seguir a las celebridades "tradicionales". ¡Será ignorante! ¿Qué sabe el *Macacus rhesus* este de lo que engancha o no? ¿Es que *Gran Hermano* y *Operación Triunfo* no le han enseñado nada? Pero déjame que te de pistas: este Carlos no es mi amigo, es mi jefe. Un individuo de éstos, nacidos en el mundo para perdición de mi sosiego, que sienten que están por encima de los demás mortales porque siguen el decálogo de *GQ*. Sólo le falta salir a la calle con unos cartelitos guindando que digan: "Pantalón Tony Hellfinger, 350 euros; camiseta y cinturón Estella McLennon, 276 y 89 euros; zapatillas Mike, nailon naranja y plata, 135 euros". Con tal resentimiento ante todo lo que sea anglosajón que, al oír cualquier comentario en inglés, enseguida se pone defensivo y se siente en la necesidad de defender lo que hacemos en España con una ferocidad que ya quisieran para sí Alonso Quijano o la falange. El caso es que se muere por ir de corresponsal a Londres o New York. ¡A saber quien entiende tal pastiche! Creo que la columna no le gustó porque no ha visto nada similar en los medios de USA. Pero juzga por ti mismo. Dice así:

***Crónicotilleos***

¡Hola peña! Os habla Pepi, vuestra columnista blog (...como si no lo supierais ☺), una vez más, para poneros al día con los acontecimientos de mayor interés sobre las estrellas de la farándula. Pero sólo las que nos interesan a vosotros y a mí, claro está. ¡Faltaría más!

Dejadme comenzar mencionando que hay algunas cosas sobre Kiko Fernández que podríais encontrar un pelín ofensivas, como su insistencia en compartir con las amistades los aromas que ruidosamente expele por todos los orificios corporales conocidos; su promiscuidad sexual, no siempre con miembros de su propia especie; el hecho de que no dé golpe desde que lo despidieron de la fábrica y que viva del paro y de las perras que le saca a Concha, su mujer; que se la pase en bares de karaoke cantando canciones cutres; o su insistencia en que calzar sandalias con calcetines es una muestra de sintonía con la moda. Pero eso no es nada. Una de sus más egregias infracciones es su necesidad de fumar habanos en presencia de Concha, quien exhibe la barriga que es de esperar a sus siete meses de embarazo.

La información que nos ha llegado recientemente es que, con el bollo de Concha casi listo para salir del horno, parece que Kiko ha tenido que frenar el oloroso hábito. Dada su condición, la parienta no ha tenido más remedio que exigirle que aleje los palillos cancerígenos de su presencia, a pesar del alivio que éstos le representan cuando Kiko ha comido fabada. Esto ha causado evidente resentimiento en nuestro héroe, tal como reseña el vídeo que capturaron nuestros camarógrafos la semana pasada en Murcia, en el que la riñe e insulta, tras negarse Concha a halarle el dedo índice. Pulsad y enteraos en nuestra web: *www.lanacion.es/farandulaf.*

Otro que debería cambiar sus modos es Andrés Viloria. A pesar de las repetidas promesas de fidelidad a su novia Isabel, ayer volvió a irse de putas. Y eso que no es miembro del senado americano ni de la curia ni del Opus Dei. Dicen que la adicción se la causa últimamente una negrita de Costa de Marfil, quien le trae desquiciado con su físico y su presencia, hasta el punto de olvidarse de las precauciones y prescindir del preservativo. El rumor que circula es que la hetaira es de tez tan oscura que nunca se sabe si va o viene, a menos que se sonría y enseñe los dientes, y que Andrés solo se entera de donde ha metido cierta extremidad, palpando los alrededores. Nuestros reporteros cogieron al chaval a la salida del puti-club Fénix en A Coruña, la madrugada del martes, antes de subirse a la Vespa, arrancar a velocidad endiablada y desaparecer en cosa de segundos, presumiblemente en ruta al piso que comparte con sus padres, hermanos, tíos, primos y abuelos. Ved el vídeo con vuestros propios ojos en *www.lanacion.es/farandulaf*.

En una nota diferente, ésta ha sido una semana agridulce para Esteban Aguirre. El chico se encontró este lunes con que un par de fotos suyas, en las que aparece en medio del bosque en una pose que piadosamente podemos decir que, aunque le haya reportado alivio físico, no le favorece, circulaban profusamente por Internet. (Sí, tenemos la dirección electrónica donde podéis verlas, y no, no os la vamos a dar. Al menos, no en esta crónica hasta que Esteban alcance la mayoría de edad 😐 ).

Ya para el miércoles, en una encuesta informal y no científica, los compañeros del Instituto de Jerez de la

Frontera, pueblo natal de Esteban, votaron mayoritariamente para adjudicarle simultáneamente los apodos de Polifemo y Anaconda. No sabemos si esto refleja el juicio sobre las preferencias literarias del futuro actor o si es un comentario sobre sus virtudes anatómicas, vistas al posar éste en cuclillas y presentes en las imágenes fotográficas, tomadas de frente y de espaldas. Pulsad en el ícono para ver los resultados de la encuesta. ¿Dónde? En *www.lanacion.es/farandulaf*. ¿Dónde más?

Cerramos la columna de esta semana con la noticia del duelo verbal entre María de las Nieves López y Cristina Gago, en la que, tras los estragos del último botellón, la segunda acusa a la primera de ser una beoda y un chollo.

–No sé por qué malgasta el dinero comprando moda de lujo y ropa interior cara de encaje, si siempre que sale regresa a casa vestida de vómito seco y sin las bragas.

–Pues a mí, dinero no me falta, porque la belleza tiene fuerza de despertar la caridad dormida en los tíos. Además, yo no voy por ahí presumiendo de seriedad y responsabilidad como Cristina, cuando todos sabemos que es más fea que el hambre y ningún chico le hará el favor. Así, casta cualquiera.

Y colorín, colorado. Esto es todo por esta semana. Como ya sabéis, le seguimos la pista a aquellos y aquellas que serán celebridades hispanas en el futuro, basándonos en los pronósticos de la bola de cristal de Doña Celeste, la vidente del porvenir *(www.celestefutura.es)*, y el programa de predicción de éxito en la vida de IBN Ibérica, la firma más avanzada en hypercubos y ordenadores paralelos (*www.ibn.es*).

Según las predicciones más recientes, Kiko Fernández tendrá un par de éxitos musicales en el Hit Parade del 2012 que le convertirán en el cantante más vendedor del año. Andrés Viloria será penta-campeón europeo de motos de 125 cc entre 2011 y 2018. Esteban Aguirre sucederá a Antonio Banderas como el actor español más popular en Hollywood, dándole por las narices a Javier Bardem… y María de las Nieves López será la actriz más cotizada del cine local a partir del 2012. Pedimos excusas por incluir a Cristina Gago, quien se hará maestra de Educación Básica, educará a miles de ruidosos chiquillos anónimos, protestando todo el tiempo de que a la educación no se le presta la debida atención, excepto para pontificar y hacer política barata, y se ha colado en nuestra crónica de forma totalmente accidental y, obviamente, sin mérito alguno, salvo el contacto fortuito con una de las verdaderas luminarias del futuro, a las que continuaremos cubriendo, semana tras semana, en el espacio de *www.lanacion.es/farandulaf.*

Ciao pesca'o.

Pepi
Agosto del 2008.

¿Vistes? A las pruebas me remito. ¿De dónde saca Carlos que no va a enganchar a los lectores? Un poco más de gancho y se ensartan bacalaos y hasta merluzos. ¿Es que acaso vivimos en el Ática y los programas más vistos en la tele son Heráclito de Efeso tratando de bañarse dos veces en el mismo río y Sócrates bebiéndose la cicuta? Esto es España en el siglo veintiuno, macho. Menos sustancia y más entretenimiento. ¡Si es que es un blog de lujo! Aunque… ahora que lo pienso, creo que quizás se puede mejorar. Sí. ¡Ya está! Reemplazaré del todo las referencias a Cristina Gago.

Con decir: “una conocida” o “una vecina”, será suficiente. Y, en lugar del párrafo con las disculpas y lo del muermo de la educación, pondré más detalles sobre la putita de Costa de Marfil. A fin de cuentas, el sexo siempre vende.

# CINECCITÀ

Aunque a ti te dé igual, yo preferiría no aburrirte con mis soliloquios. Es una de mis obsesiones y, como bien haz notado, éstas permean todas mis actuaciones y mis pensamientos. No sé si tus otros tertulianos reaccionarán del mismo modo; pero yo soy yo, mis creencias y mis compulsiones. Tubulares, repetitivas, monocromáticas. Permíteme la presunción de presentarte las que encabezan el listín de esta tarde.

Primeramente, para mí, como en el tango, a estas alturas es de recibo que el mundo ha devenido en una bola gigantesca de excremento. Tan señalada hazaña ha cuajado por obra y gracia de los humanos, y entre más viejo me hago, más se me arraiga la convicción, porque lo que vale la pena preservar de este planeta no les contiene. Especie más insufrible, destructiva y perniciosa no la hay en lo que se conoce de la galaxia y ¡quien sabe si más allá!

Le sigue a corta distancia lo de los nombres y su prócera influencia en la frustración vitalicia de sus portantes. Será por lo de llevar el rótulo equivocado. O bien por la asociación indeleble de los motes con el *Homo sapiens*, porque, salvando a las cotorras, los papagayos y los cuervos, los que articulan palabra pertenecen al género.

Y de última en el orden, que no necesariamente en lo que se refiere a su poder o importancia, está mi perenne y optimista convencimiento en la capacidad de los homínidos para descubrir continuamente simas más profundas en el ejercicio de la idiocia, mendacidad, falsía, estulticia, rapacidad, sicalipsis, sandez, cicatería, fatuidad, perfidia, mentecatería, ruindad, chicanería, estolidez, sicofancia, trapalonería e inclinación a asperjar cada rincón del universo con malaventuranzas. Pero no desespero, que es el mayor pecado de los hombres por ser pecado de demonios. Cuando algún iluso se consuela en la idea del futuro de la raza humana, mi mente se recrea con la aporía y me inunda con imágenes del Apocalipsis. Por supuesto, sin la errata de la resurrección. Faltaría más.

En fin, tres perturbaciones anímicas distintas y una sola decepción verdadera que la vida afirma de continuo. ¿Qué le voy a hacer? Genio y figura.

¿Que te dé detalles, pides? Apunta. El otro día me ofreció un trabajo extra, mi amigo Alfredo. Uno de sus clientes que filma comerciales para la televisión requería de un modelo. Pues, venga, le llamo al móvil, le doy las explicaciones de rigor, cojo las señas y me presento esa misma tarde al lugar de filmación.

Malasaña, 13. Toco el timbre, me sale una ayudante que parece sacada de un tebeo del Monje Loco: pelos azabaches, morados y verdes, dos docenas de aros colgados de la piel en apéndices diversos, presumiblemente siguiendo algún patrón estocástico, y maquillaje y vestuario muy abundante en negros, incluido el esmalte de las uñas.

–¡Hola, que tal! Yo es que he venido por lo del modelaje…

–¡Ah! ¡Sí! Pasa, pasa. Robert te está esperando.

Robert resulta ser un chico alto, con cara de malas pulgas, de unos treinta años, con zapatillas a la moda, brazos tatuados, pantalones vaqueros a la cadera y camiseta de un grupo Rock. Al fondo alcanzo a ver un plató de filmación. Con luces de varios tipos, trípodes, una gran pantalla azul, un millón de cables semi-enrollados, tirados como al desgaire, un par de cámaras y dos tíos ocupadísimos en un sofá con lo que, a la distancia, me parece son los mandos de un juego electrónico.

–¡Hola, bien! Gusto en conocerte y muy oportuno. Es que estamos un poco apurados porque tenemos que entregar un par de comerciales a la agencia en menos de doce horas y el modelo que teníamos asegurado nos ha fallado.

–Hombre, pues aquí me tenéis para ayudar en lo que se pueda.

–¿Tienes experiencia previa?

–Para serte sincero, no, ninguna... Pero siempre hay una primera vez, ¿no?

Robert no puede evitar que se le arrugue el ceño, fruto del humor colérico que se ve que le contamina la linfa, pero me dice: –Bueno, no te apures. Si te ha recomendado Alfredo, por algo será.

–Vale –respondo, pero Robert no me escucha porque ya se ha lanzado a dar órdenes.

–Pues, nada, manos a la obra. Kitty, las luces. Perico, Ratón, dejad el puto juego que tenemos cosas que hacer… Y tú, enséñame los sabañones.

–¿Cómo? –replico, perplejo.

–¡Claro! Los sabañones. De eso se trata. ¿No te lo explicó

Alfredo?

Alfredo no me dijo de la misa, la media. Resulta que los comerciales son para una firma de productos médicos de libre acceso en el mercado: cremas medicadas, nebulizadores, pomadas y cosas por el estilo. Y esto de los sabañones, a mí me coge totalmente de sorpresa. Con un poco de antelación y la ayuda del refrigerador hubiese podido criar un par de ellos, pero improvisarlos de la nada, con estos bochornos veraniegos, me queda un poco cuesta arriba.

Demás está decirte que la consternación domina el resto de la escena y el malestar del Robert crece exponencialmente a medida que avanzan los minutos. Por un momento debatimos la posibilidad de elaborar algún simulacro, pero Robert la rechaza alegando su integridad como cineasta. Y cuando Kitty saca un alicate, un cepillo de alambre y unas cuchillas de entre la utilería, sugiriendo darle a la cosa realismo, el que se niega en redondo soy yo. Salir en TV, sí, pero como Francoise Villon del calabozo: con los miembros sanos.

Aguijoneado un poco por el embarazo de la situación y otro poco por la certeza de que mi oportunidad de aparecer en la tele se está diluyendo a velocidades astronómicas, propongo explorar otros ángulos.

–¡Hombre! ¿Y no podéis substituir con otras dolencias? Porque si queréis material para una crema anti-hemorroides, ahí si que vine preparado. O la acidez de estómago… que tengo una, ahora mismo, que me está matando. O el mal aliento. Incluso en el caso de anti-diarreicos, con mi experiencia en el tema puedo daros una actuación convincente... ¡Caspa! ¡Coño! ¿Cómo no se me ocurrió antes? Mira el montón que tengo... y la seborrea, ni te cuento. Mira las ronchas, ¿no son una gloria?

Mis intentos por salvar el día resultan contraproducentes. Lo de Robert ya es cabreo con todas las de la ley.

–¡Que no! ¡Que no, he dicho! ¡Las hemorroides te las puedes meter por donde te salieron! –me grita con cara enrojecida, venas que le pulsan en el cuello y toneladas de desagradecimiento, aunque con muy poca lógica. Si escondo las hemorroides, ¿cómo ayudo a promover una crema para tratarlas?– ¡Ni almorranas, ni hernias, ni hostias! Se lo dije muy claro a Alfredo. ¡Sabañones o pústulas, coño!

Como veo que coge las cuchillas que ha traído la cotorra gótica y me abruma la certeza de que el próximo paso es aproximarse a mí, decido poner tierra de por medio, no sea cosa que, después de todo, aparezcan mis señas en la TV, pero en las noticias de sucesos. Tartajeo unas disculpas y me mando a mudar más rápido que inmediatamente. Adiós a mi futuro como modelo de televisión. La ingratitud es así de cabrona: el Robert, obviamente, de segundas oportunidades no habrá oído hablar. Lo que más me atormenta es que no recuerdo que Alfredo me haya dicho nada pertinente, aparte de una mención a no se que crema de maquillaje.

Pero las miserias se hilvanan siempre como longanizas: unas detrás de las otras. Como si todo hubiese de suceder a la medida del gusto de mi mala estrella. El caso es que cojo el autobús, con la moral en el subsuelo tras mi fracaso en el mundo del modelaje, saco el vespertino que recién he comprado en el estanco y en la sección de sociedad me encuentro con los titulares del concurso de fotos de agricultura orgánica de la sociedad ecológica de la villa: "En la huerta con los peques". Las fotos me sorprenden. Son extraordinariamente buenas. ¡Quien lo hubiera pensado!

Llamo a Alexis para comentarle porque me trae mareado con el tema desde hace semanas. De los arreglos que tuvo que hacer para que su mujer le dejase fotografiar a la hija de meses, en medio de un lodazal infame, en la granja de un primo. Que si los filtros digitales afectan la pátina de las calabazas y los ocres de las zanahorias. Que si el barro es una maravilla para el cutis. Que si la ecología hay que mamarla desde la cuna. Que si es casi imposible conseguir cupo con el pediatra cuando a los bebitos les asalta una gastroenteritis galopante...Yo que sé que miles de inanidades más.

Desde este lado del móvil, me oigo decirle:

–¡Hola! Soy yo, sí.

–Bueno, es que acabo de ver las fotos del concurso en *La Nación*.

–Sí, sí, el mismo. ¿Tú no las has visto?

–Muy buenas, muy buenas...

–No, no, lamentablemente no aparece tu nombre entre los ganadores y han puesto las tres fotos premiadas. A no ser que haya habido más de tres premios.

–La ganadora es una tal Isabel Archundia. El segundo ha sido para Carlos Lameda y el tercero para... déjame ver bien lo que pone aquí... sí, Antonio Páez Silicio.

–Pues déjame describírtelas: en la ganadora está un niño rubito, como de dos años, desnudo y tocando con asombro la punta del pepino que le asoma al padre por entre las piernas.

–El padre está en cuclillas. Muy tierna la imagen y un gran contraste entre los deditos tan menudos de la criatura y el pepino. ¡Que cacho de pepino, macho! Veinticinco centímetros, al menos.

–Ya, ya. Espectacular.

–En la del segundo premio, una chiquilla acostada y en pañales huele con expresión de deleite el chocho que le ha puesto la madre bajo la nariz. La madre está a cuatro patas, toda sudorosa. Muy buena toma. Muy nítida. Se ve claramente que el chocho gotea rocío.

No acabo de terminar la frase cuando siento un doloroso impacto en el brazo. Giro la cabeza y veo una arpía desencajada, sesentona, entrada en carnes, refajada y con la pañoleta que le cubre el peinado atada bajo el pescuezo: carne de manifestación de calle preparada por el Arzobispado; tomando impulso para asestarme un segundo porrazo con el inmenso bolso que porta.

–Degenerados… ¡Rojos! –espeta entre los espumarajos que se le escapan de la boca–. No respetáis ni a los inocentes.

Y ¡Pum! El nuevo golpe me aterriza entre el hombro y el cuello. ¡Joder! ¿Qué porta la tía esta dentro del bolso? ¿Una ferretería?

–¿Qué le pasa, señora? –alcanzo a soltar en medio del inopinado ataque a carterazos.

–¡Toma pornografía infantil, so desgraciado! ¡Que lástima que no haya pena de muerte! –continúa mi agresora, poseída de la furia que solo los que atesoran la verdad verdadera suelen exhibir, mientras blande de nuevo el mamotrético bolso, listo para hacerlo caer una vez más sobre mi humanidad–. ¡Que no hay moral en este país, con este gobierno de comunistas depravados!

Antes de que me atice una vez más, me levanto como puedo, la empujo de mala manera y, a trancas y a barrancas, me abro paso entre los pasajeros parados en el pasillo del bus hasta llegar a la puerta de entrada. Milagrosamente, ésta se abre y salto a la calle, donde me echo a correr hasta perder de vista a mi agresora. Salvé el móvil, creo que más que nada por instinto, pero el periódico se me quedó en el asiento.

Ahora dime tú: ¿Qué mosca le picaría a la vieja bruja? ¿Sería el olor alucinógeno de las tintas tipográficas o la presencia permanente de esa mala conciencia atizada por Lucifer que solo persigue a los creyentes píos y dados a la moralina? Lo dicho: la humanidad no tiene salvación posible. La imbecilidad nos acosa, nos rodea y con ella naufragaremos. ¡No te rías! Que no lo digo en broma. Además, una cosa es no aburrirte y otra muy diferente es que no me tomes en serio.

# UNA, GRANDE Y HECHA EN CASA

No sé si te dije que soy el primer espécimen de mi familia en obtener un título universitario. Aunque, a primera vista, parezca cosa común en estos tiempos democráticos, tal portento, en un "pool" genético donde el satisfacer los placeres y urgencias inmediatas prima sobre los méritos del trabajar arduamente para labrar un mejor futuro, no es desdeñable. Pero me da que solo ha sido posible poniendo tierra de por medio. Si nunca hubiese emigrado creo que, hoy en día, habiendo despilfarrado así los años como la hacienda, ocuparía el taburete en el bar de Manolo el Chorizo que dejó finalmente vacío, al morir, mi padre... o su celda habitual en la comisaría de policía.

Claro que emigrar no es todo agua de rosas. Tanto más, si uno comete el pecado imperdonable de regresar. Por ejemplo, uno de los detalles especialmente irritantes de volver a España, una vez que se ha vivido en alguna de esas sociedades supuestamente más avanzadas: USA, Alemania, Suecia, el Reino Unido y otras que se me escapan en este momento, es el tener que negociar la reacción de los conciudadanos cada vez que se hace algún comentario transcultural.

–¡Cómo extraño el poder renovar mi pasaporte por correo, en vez de tener que perder medio día desplazándome a la Comisaría! –dice uno, y el interlocutor de turno se siente en la obligación de aclarar que en la Madre Patria también se pueden hacer trámites oficiales a la moderna. Quizás, por ahora, reemplazar pasaportes caducados con nuevos no, pero seguro que tal alternativa ya está al caer, probablemente, como parte de algún plan de Evilstar para el móvil.

Me consta que el reflejo no es universal ni correspondido. Cuando, en sucesivas ocasiones, he comentado a diversos amigos americanos que no hay embutido "made in USA" que le dé la talla al jamón serrano, ninguno se ha sentido en la necesidad de poner las cosas en su puesto con un: "¡Hombre! Jamón de Jabugo no tendremos, pero en el tema de las hamburguesas y la salsa de barbacoa si que no nos gana nadie". Mi observación empírica, fruto de años de exilio, es la de que el hecho de que los quesos, los vinos, la costumbre de pasear por las ramblas, el culo de las féminas, o el diseño de los jardines de algún palacio sean más atractivos, o de mejor calidad, en coordenadas diferentes a las propias, no merece el esfuerzo de aventurar excusa alguna y, ciertamente, no le quita el sueño a ningún gabacho, gringo o valón.

Nunca había invertido tiempo en investigar cuál es el origen de tales defensividades celtibéricas y por qué están tan extendidas. Lo que si tenía claro es que las mismas, independientemente de si vienen de mi prima Nieves, Carlos, mi jefe, o innumerables otros mortales, conocidos o anónimos, tienen todas un intenso tufo a complejo de inferioridad. Pero este jueves pasado, gracias a esos destellos mágicos que ofrecen, de tarde en tarde, el azar o el aburrimiento, me topé con el hilo que desenreda el ovillo.

Mirando el noticiario de la BBC me enteré de que España, siendo uno de los motores económicos de la Unión

Europea en este primer decenio del siglo veintiuno, está a la cola en términos del uso de tecnologías propias. O sea que, además de las churreras y las peinetas de señora, pocas cosas de las que preparamos, ensamblamos, armamos o empaquetamos por estos pagos, se han inventado en casa. Y, de acuerdo con las tendencias estadísticas, se avizora que la situación tienda a empeorar. Nos ubicamos, por ahora, junto a Polonia, Estonia, Bulgaria, Eslovaquia, Rumania y Turquía. Es decir, que sin las ampliaciones últimas y las por venir, parece que estaríamos destinados al descenso de categoría liguera.

Ahondando en el análisis, el clip televisivo procedió a ilustrar, con lujo de detalles, como el espíritu emprendedor hispano ocupa el lugar 22 de entre las 25 naciones de la Unión y como las patentes y el gasto empresarial en investigación son menos de la mitad de la media comunitaria. Tras breves instantes, solo los necesarios para que la información fuese procesada, grité "¡Eureka!", al tiempo que apagaba el televisor, consciente de que la revelación de esa tarde gloriosa me había ayudado a desentrañar un misterio épico, incrementando, de paso, los porcentajes asignados al descubrimiento científico nacional. La magia de la radiodifusión inglesa me permitió hallar el eslabón perdido que explica la típica reacción española ante lo extranjero, en el templo de la cultura global.

No sé cómo no se me ocurrió antes. ¡Si está clarísimo! Desde Algafequi hasta Jalón Corominas, pasando por Arnoldo de Vilanova, Antonio de Ulloa, Narcís Monturiol, Isaac Peral, Torres y Quevedo, de la Cierva y Nicolás Cabrera, los españoles que osan descubrir o inventar cosas diferentes a las mentiras cotidianas, las idioteces patrocinadas por el botellón, las estafas de cuello blanco, la especulación inmobiliaria, las alternativas para vivir del cuento, la corrupción de funcionarios, los pretextos para la xenofobia y el fanatismo religioso, las elucubraciones pseudo-metafísicas, la adulancia a los superiores, la literatura repetitiva y sin imaginación, las falsas razones para premiar a los amiguetes, o los exabruptos e infamias políticas para jalear a las turbas embrutecidas, han sido una minoría ínfima destinada a la soledad, la envidia destructiva de los colegas y la ignorancia del personal en general. Y este hecho irreversible permea, como pecado inconfesable, a los substratos de la identidad y la conciencia nacional. Siendo que casi todos los descubrimientos nos llegan de otras tierras, ¿cómo no ponerse a la defensiva cuando se nombra lo de fuera? ¡Si es que, ahora que lo pienso, hasta Colón era forastero!

El rechazo colectivo al esfuerzo innovador es el improbable hilo de Ariadna que, de Unamuno, conduce a Millán Astray y hermana a éste con su némesis intelectual. Así, el "¡muera la inteligencia!" no es sino una ampliación ideológica fascista del "¡que inventen ellos!" Las dos Españas irreconciliables, en este tema, son una misma, perenne y lineal. Ante la constatación, ¿qué más puede uno decir?

Después de interiorizar tal epifanía, para mí ha quedado claro que sólo existen dos alternativas. La primera es sumergirse en la actitud fatalista y defensiva de todo el mundo, sintiendo que, a pesar de los pasos de progreso que damos de seguido, las prohibiciones crecientes a los fumadores, el acercar el horario de trabajo al que se sigue en Europa, el cenar más temprano, o el cambiar la medida de los rieles en el tren, siempre estaremos y nos sentiremos a la cola, reaccionando virulentamente cuando alguien nos dice que tal cosa es mejor en tal país. La otra es romper por lo sano y cambiar los modos prevalentes.

Yo no sé qué opines tú, pero yo me sumo a la segunda. Es que, como bien atestiguan mis hazañas y credenciales académicas, soy de armas tomar y me jode que los putos extranjeros, al ver la reacción de mis compatriotas, se crean que son mejores que yo. Por lo pronto, en menos de una semana, he preparado un cuarteto de solicitudes para patentes industriales. Con ellas ansío unirme a lo que espero sea un coro creciente de españoles que, desafiando a las mayorías, han optado por innovar. De paso, negociando los frutos de mi entendimiento y con un poco de suerte, aspiro a agenciarme unas lanas, que buena falta me hacen, porque estos días me hallo verdaderamente hecho pelón, puesto que ni tengo barbas que peinar ni dineros que gastar.

En fin, la primera de mis instancias es para una varilla telescópica desplegable de hasta dos metros de longitud, con secciones de diámetros cada vez menores que se retraen concéntricamente en el anterior. Ideal para uso como control remoto televisivo. Cada vez que se desee mirar otro canal o cambiar el volumen, sólo hay que extenderla, apuntarla al respectivo control del aparato y dar una estocada. ¡La cantidad de pilas que se ahorrará quien la compre! Sin contar que, si se ata a la pata del sillón favorito, se evitará los cabreos que causa un control remoto convencional, cada vez que se extravía.

La segunda concierne a una cinta adhesiva de color de

piel para uso como cosmético facial. En lugar de usar inyecciones de bótox o cirugía plástica, que son carísimas y un riesgo siempre, el usuario sólo tendrá que aplicarse el adhesivo en sitios estratégicos del rostro, para estirar los pellejos y las patas de gallo y hacer que las arrugas desaparezcan como por encanto.

De tercero someteré a consideración un preservativo que puede enrollarse a mano, para facilitar el uso múltiple. El no saber que farmacia está de turno nunca más alterará la vida sexual de los adictos al alterne.

Y, finalmente, insertándole una pajuela plástica de doce centímetros de longitud al suspensorio con el que se protegen los cojones los futbolistas, he concretado mi mejor propuesta: el pene portátil para mujeres. Con él, las tías podrán mear de pie. Usando un poquitín del pegamento de mi cinta adhesiva, el artilugio se sellará herméticamente contra la piel, cubriendo la vulva por completo y permitiendo que la orina fluya por la pajuela, por efecto de la gravedad. ¡Adiós a las maromas circenses para no pegar el culo al asiento en los aseos públicos! ¡Bienvenidas chicas al hacer figuras en la arena en los días de playa!

¿Dime si no es una gloria el ser creativo? Claro que todavía tengo que ultimar algún detalle menor, como hacer que el adhesivo no arranque las cejas o los pelos del coño, al tirar de él, o que los chicos dejen de lado la costumbre local de maximizar los peligros, se acerquen a Europa y follen con condón. Pero nada es perfecto al principio. Los conceptos y las prestaciones hay siempre que refinarlas. Eso es parte natural del proceso de inventar. Lo digo con conocimiento de causa porque lo aprendí durante mis estudios en el exterior.

¡Hombre, no te me pongas a la defensiva! ¡Si no trato de restregarte nada! Bien sé que no hace falta irse fuera para estar al día profesionalmente o para pensar con claridad. Además, después de las revelaciones que hemos compartido, no deberías tomarte ningún comentario de este tipo tan a pecho. ¿Tú no eres catalán? Eso casi es como vivir en el extranjero.

# TETACIONES

Esta tarde, mirando el telediario, he tenido una iluminación. En verdad, en verdad te digo... que el patrimonio, la continuidad histórica, las tradiciones, la estabilidad económica y hasta la supervivencia del país están amenazadas. Es más, para que el reino pueda recuperar una semblanza de normalidad, el gobierno del PSOE debería dimitir en pleno, ipso facto. ¡Y conste que les voté en las elecciones pasadas! Pero estamos en una era de conflictos y riesgos extremos y ello amerita apelar a lo probado.

¿Por qué me atrevo a soltar afirmación tan rotunda, a la vista de los sólidos avances en los índices sociales y de desarrollo de la España del siglo veintiuno, crisis global no incluída? Las malas lenguas podrían insinuarte que la causa es un despecho morrocotudo, porque Trini Jiménez nunca respondió una carta que le envié hace semanas, dándome, con su desprecio, por los besos; además de retorcerme las redondeces agropecuarias que cuelgan cuatro cuartas más abajo. Pero esas no son más que habladurías. Tú, no les prestes atención.

Lo que afirmo, lo digo tras sesudas jornadas de meditación sabatina, entre trago y trago y ranchera y ranchera michoacana, de esas de las de Cuco Sánchez que mi amigo Pancho, el mexicano, llama "llegadoras"; que me gustan tanto y que me traen tan agradables evocaciones subconscientes ("Eres una perra, pero por ti comería Purina® Dog

Chow..."), porque creo que es deber de patria y labor de bien nacidos. Además, cada vez que me tomo seis Cruzcampo me asaltan ideas geniales.

Como aquella oportunidad en la que, ayudando a mi amigo Alfredo con su mudanza, se me ocurrió que era más rápido usar la ventana que daba a la calle de ese quinto piso que usar el ascensor para bajar los cachivaches. Todavía recuerdo sus carreras desesperadas sobre la acera, tratando de atrapar los cacharros que llovían desde la ventana, antes de que se estrellaran contra el pavimento. Es que la cerveza es una maravilla para volver cebada al cerebro. Pero a lo que iba.

¿Qué manía es esa de estar imitando todo el tiempo a los germanos y escandinavos y sus chifladuras? ¿A dónde vamos a llegar por ese camino? Ya nos ha aprobado el gobierno el matrimonio homosexual. Un día de estos nos vamos a encontrar con que la perniciosa influencia ejercida por el partido del presidente Rodríguez Zapatero ha tenido el efecto de cambiar la Constitución para que sean reinas las primogénitas. Ese va a ser el fin del macho vernáculo, quien pasará, junto a Pastorita Imperio, el Seat 600 y los precios en pesetas, a formar parte de las especies en extinción. Eso si que no lo podemos permitir, ¡carajo! Por muy bien que me caiga don José Luís. Y si no, que lo diga el general Mena... o Tejero.

¿Acaso Viriato tuvo vice-presidentas cuando lideraba a sus guerreros contra los romanos en Segovia o en Ronda? ¿Acaso Don Pelayo nombró ministras en Cangas de Onís? ¿Acaso Espartero, Primo de Rivera o Franco portaron sujetadores y bragas? No señor, ¡jamás, ni nunca! Por lo menos que se sepa públicamente. Nuestros caudillos, a lo sumo, han tenido querida; siendo oficio que desde los primeros tiempos tiene amplia tradición entre nuestras clases privilegiadas y por ello se le llama "la profesión más antigua". La de dar órdenes por cojones, digo. La otra apareció un pelín más tarde. ¡Nada de estar copiando modas feministas de fuera! ¡No señor!

Analiza por unos segundos la triste realidad de un varón contemporáneo, en las vecindades de ese país tan admirado por Aznar: gringolandia. La vida de tan triste criatura está llena de riesgos insospechados. Toma, por ejemplo, la presencia de un elemento peligrosísimo con el cual tiene que convivir diariamente: las tetas de las mujeres. En la sociedad norteamericana moderna, si un hombre contempla los senos de alguna fémina con marcado interés, corre el riesgo de que la mujer piense que es un miembro de la especie del australopiteco (o su congénere evolutivo más cercano: un miembro del partido Republicano) y llame a la policía para que lo devuelvan al museo de donde salió; de ser posible, disecado.

Por otra parte, si el hombre no mira los pechos con la atención debida, la mujer puede argumentar que está siendo discriminada y despojada de sus derechos humanos, porque la negación de la existencia de sus glándulas mamarias (implícita en el hecho de no reconocerlas con la mirada) constituye una negación de su condición de individuo integral. La subsiguiente demanda en tribunales no la esquiva ni la más escurridiza de las anguilas. Escila y Caribdis jurídico. ¿Qué clase de vida es ésa?

Vamos a estar claros en una cosa: científicamente es un hecho probado que, habiendo tetas en la vecindad, los hombres sienten el impulso irresistible de mirarlas. Esto se acentúa si las susodichas van al aire. Más aun, cuando los hombres están mirando tales tetas, las capacidades lógicas y deductivas del cerebro desaparecen. Incluso el renombrado científico David Barry publicó una monografía en la revista médica *The Lancet* de este mes, en la cual adelanta la teoría de que la función primordial de los senos no es la de amamantar, sino la de convertir a los hombres en discapacitados mentales. El artículo de marras es el resultado de un experimento que comenzó en 1988. En él, científicos varones del laboratorio de inteligencia artificial del MIT, en Boston, deliberadamente contemplaron miles de fotos de pechos femeninos desnudos. Al cabo de dieciséis años de aguda observación científica llegaron a la conclusión de que, entre mirada y mirada, nadie se había acordado de tomar notas, por lo que había que repetir el experimento. "Es que con la emoción, se nos olvidó", dice el Dr. Barry, en uno de los párrafos más esclarecedores de su artículo. En otro párrafo admite que no se puede repetir la experiencia, porque las fotos están todas estropeadas, después de tanto macho babeándose al mirarlas.

Yo, personalmente, me di cuenta de la influencia nefasta de las glándulas mamarias en la fisiología masculina, durante mi adolescencia. En esos años formativos desarrollé una desviación de columna, al dormir en un colchón lleno de bultos y protuberancias, cada uno de los cuales estaba constituido por mogollón de revistas en las que salían mujeres con las tetas al aire. En ese lapso también crié la miopía que me acompaña, al escudriñar a la luz de la luna, durante centenares de noches, todas esas fotos de pectorales femeninos en libertad.

¿Qué más evidencia quieres? Saca, tú, tus propias conclusiones:
1. Las tetas convierten en subnormales a los hombres.
2. La Vice-presidenta del Gobierno, las ministras y parlamentarias, en general, suelen tener tetas.
3. La Vice-presidenta del Gobierno, las ministras y parlamentarias, en general, participan en reuniones con el Presidente, los otros ministros, los gobiernos autonómicos y el Presidente del Congreso y el Senado.

4. El Presidente del Gobierno y varios ministros, la mayoría de los miembros de gobiernos autonómicos y el Presidente del Congreso y el Senado son hombres.

5. El Partido Socialista ha decretado la paridad de género como su práctica habitual.

¿Ya lo captaste, no? ¿Es o no es un peligro terrible para la continuidad y estabilidad del reino que el PSOE y sus mujeres encabecen las instancias legislativas y la administración?

Claro, si Fraga Iribarne estuviese en el poder, algún avispado diría: "Pero ¡qué va a mirar tetas ése, si tiene trescientos años de edad!" Lo cual es obviamente una calumnia. Don Manuel apenas llega a los doscientos quince, bien cumplidos. Pero, aunque así no fuese, déjame advertirte de lo evidente: el macho celtibérico es macho hasta que se muere (traza genética que comparte con el *Falangista vulgaris*). ¿O ya no te acuerdas de lo que dijo en las últimas elecciones a la Xunta? Yo tampoco, por eso es que sostengo enérgicamente que todas las susodichas individuas y los que las aúpan deberían renunciar sin dilación. ¿Quieres otro ejemplo? Aznar y el bolígrafo que le introdujo sibilinamente a la periodista aquella, en el bolsillo de la blusa. Culpa de las tetas de la tía, ¿a que tengo razón?

Para que el reino sobreviva indemne y con gloria impoluta la debacle financiera mundial, los ataques de la emigración, el rescate de la memoria histórica y otras calamidades similares, es necesario que nuestros masculinos dirigentes dejen de lidiar con tetas en las alturas del poder y se limiten a estar y ser entre machos, como en el gobierno de los del otro bando: demagógicos, insolidarios, inflexibles, ineficaces, faltos de ética cuando no corruptos, hipócritas, indolentes con los de pocos medios, serviles con los poderosos, prontos a manipular para provecho propio y de los socios y amiguetes, soberbios y prepotentes. Porque si la influencia femenina continúa, ¡Dios sabe adonde iremos a parar! Acabaremos como Noruega, Suecia o Finlandia, oye. Sin el beneficio de los genes vikingos porque aquí las tetas que abundan son mayormente morenas, tú.

# SUPERHÉROES

¿Tú no has querido nunca ser alguien especial? ¡Hombre! Ya sé que, según los dictados de Barrio Sésamo, todos somos especiales porque no hay nadie exactamente igual a nosotros. No me refiero a esos bálsamos pseudo-psicológicos para la auto-estima. Me refiero a ser indiscutiblemente superior a todos los tíos y tías que se topa uno en la calle.

No hablo de futbolistas, baloncestistas, actrices o toreros; no. Esos roles, con la mezcla correcta de genes, fanatismo y deficiencia de los hipocampos, puede desempeñarlos cualquiera. Digo especial como es especial el Hombre Araña o Supermán o Tin Tín. Alguien que es diferente porque tiene habilidades verdaderamente únicas.

¿Cómo que Tin Tín no es especial? ¿Cuántos individuos adultos conoces tú que, vistiendo pantalones cortos todo el tiempo y siendo sospechosos de follarse a su perro, sean admirados universalmente? Si Milú fuese una oveja, pase. Pero ¿perro? En fin, lo dejo fuera de la lista para evitar controversias y disculpas extemporáneas de Hervé, si quieres.

El caso es que yo me pasé media infancia, digamos que hasta los veintiocho, soñando con convertirme en alguno de estos personajes. Pero me da la impresión de que los chicos de hoy pasan de tal fantasía. O, por lo menos, pasan de los términos en los que la generación previa se la planteaba.

Pienso que un poco de esto se debe al hecho de que, con la profusión de videojuegos, páginas de Internet y películas de Hollywood con efectos especiales, las fronteras entre las celebridades y los superhéroes se han difuminado. Estos últimos ya no parecen únicos y, ciertamente, no se les considera una clase intermedia entre los dioses y los mortales. Ese espacio lo han copado las Kate Moss, las Kournikovas y Sharapovas, los rockeros, los ases deportivos y los guapillos de revista del corazón. El arquetipo de individuo que salva a su ciudad, su nación o el mundo entero, de males y desastres; el benefactor de multitudes, sin más interés que el agradecimiento de sus conciudadanos; el incansable baluarte de la Virtud y la Justicia; se ha quedado rezagado en el interés del público. Pero en el mío sigue ocupando un primerísimo lugar.

Creo que lo que más me atrae del superhéroe es su bipolaridad neurótica. Por un lado, el disfrute de poderes, habilidades y capacidades desmesuradas. Por el otro, el afán inalcanzable y absurdo de ser tan anodino como los demás. Porque Clark Kent, siendo que, con su habilidad manual de convertir trozos de carbón en diamantes en cosa de segundos, podría amenazar el dominio del mercado de la DeBoers y ser más rico que Bill Gates, se pasa los días escribiendo notas para un periódico de segunda y suspirando por una colega de habilidades mediocres, aunque con un par de piernas bien torneadas y tetas muy sólidas y dibujadas con maestría, que todo hay que reconocerlo. ¿Cómo no se le ha ocurrido que un Porsche, un piso en Manhattan frente a Central Park y una cartera siempre repleta podrían allanarle el camino que conduce hasta el interior de las bragas de las mujeres más bellas y buenas del mundo y, de paso, resolverle las cuitas sentimentales? Con el resto de los mortales la receta funciona. Pero no. Él, dale que te pego con su obsesión por Luisa Lane. Hombre, ya sé que el dinero no puede comprar amor verdadero, pero bien que permite adquirir copias de altísima calidad.

Pensándolo bien, creo que los superhéroes son nuestro retrato en negativo, quizás con un único tema sin transferir en la celulosa, por usar los mismos tonos y la misma granularidad. Este detalle crucial, lo único que en circunstancias excepcionales nos acerca, es el de que, siendo superdotados y poseyendo poderes que el grueso de los mortales anhelamos, suelen tener un secreto terrible que les hace vulnerables y les reduce a nuestra condición.

Claro, a pesar de la atracción, a estas alturas de mi vida, la posibilidad de transformarme en alguno de estos seres especiales es una idea que he desechado para siempre. Primeramente, porque la edad, la astronomía y la geografía no colaboran. En España, el sol mediocre que alumbra el planeta, aunque presente con frecuencia e imán inextinguible para el turismo escandinavo, dista de ser el generador de habilidades que era el de Kriptón. Y los desastres ecológicos, la urbanización indiscriminada y la sequía impertinente afectan en negativo hasta a las arañas radioactivas. Además, después de un fin de semana de marcha, copas y polvos a salto de mata, salvar al mundo resulta muy cansado. Y, segundamente, porque me he convencido que la oportunidad no paga. A mayores posibilidades, mayores expectativas. Y el abrazar lo imposible trae siempre consigo aparejada la ejecución del arrepentimiento.

Soñar con ellos, a la distancia, es otra cosa.

Te confieso que, de tiempo en tiempo, me invento un nuevo superhéroe con el que entretenerme. Lentamente, amorosamente, le voy configurando un fenotipo y una personalidad. Le asigno poderes: su origen y extensión. Sus creencias. Su ética de trabajo, incluyendo un código moral. Luego le doto de historia personal, familia o ausencia de ella y ambiciones futuras, y remato el cuadro especificándole un talón de Aquiles, para que las habilidades extraordinarias no hagan aburrido el cuento, con victorias que nunca están en duda y enemigos sin esperanza de tomarse revancha alguna vez. Una vez armado tal diseño, me permito exponerle a situaciones que enfrento día a día, dejando que todas aquellas que no he podido o sabido resolver positivamente en su momento sean gerenciadas por mi alter ego, en el escenario retroactivo de mi mente.

Por ejemplo, la vez que mi jefe rechazó mi idea para un blog, le ofrecí a Clint Paloquemado la oportunidad de producir una respuesta diferente a mi simple retirada y mi silencio cobarde.

Clint es un "cowboy" con manos ultra-rápidas, capaz de noquear a un mulo de un puñetazo, inmune a las balas y con la habilidad de meter dos docenas de ellas, en menos de diez segundos, a través del ojo de un botón. Su bronceado de hombre que vive al aire libre, irises de azul intenso, estatura de coloso y quijada Borbónica son objetos de leyenda. El problema con Clint es que es leproso. Bueno, no todo el tiempo. La enfermedad se le activa solo cuando es expuesto a cierto tipo de radiación; pero, en ausencia de ésta, se recupera completamente, como las salamandras.

El día de marras Clint hizo una entrada espectacular en la oficina, al son de sus espuelas y música de Ennio Morricone. De una patada abrió la puerta del despacho de mi jefe y, a la vista de todos los colegas asomados en el pasillo, procedió a rifar un par de hostias para las que Carlos había comprado todos los boletos, gracias a su desprecio para con mi blog; previsión que le condujo a aterrizar, con la nariz hecha una pulpa sanguinolenta, en el suelo. Acto seguido, Clint le retó a un duelo con pistolas en el que, obviamente, le mataría sin remedio; pero ¡Ay del héroe con talón de Aquiles! Llegado el momento culminante, y estando mi jefe desmadejado en el piso y entregado a lloriquear, el súpervaquero no pudo disparar su pistola y consumar el ajusticiamiento porque se le desprendió el dedo índice al intentar apretar el gatillo. Tras perdonarle la vida al canalla, involuntariamente, claro, intentó salir gallardamente de la oficina, dejando caer a su paso, con voz tonante, la amenaza de volver a completar la faena en caso de reincidencia. Pero al tratar de ajustarse las gafas de sol, éstas acabaron en el suelo junto a sus dos orejas.

Esa misma noche, en el hotel de cinco estrellas en el que se hospedaba, sufrió un ataque de impotencia causado por el temor a dejarse abandonado el pene dentro de la preciosa y pizpireta rubia que se ligó en el bar… y sin poder ofrecer el consuelo de un cunnilingus, no fuese cosa de perder otras piezas. Nada poético, ciertamente, en este final de episodio.

Al día siguiente, atando cabos, llegué a la conclusión de que lo que desató el ataque leproso ha debido ser el efecto perturbador de las luces fluorescentes de la oficina.

Afortunadamente, durante toda la aventura, nada hizo estornudar a Clint. En tales condiciones, eso hubiese desatado una lluvia de apéndices rebotando sobre el suelo.

En fin, la explicación llegó un poco tarde para evitarle al personaje los malos ratos y los titulares en la revista *Hola*. Pero para mí no pudo ser más oportuna. Toda la secuencia psico-fílmica del episodio tuvo la virtud de hacerme sentir privilegiado y feliz. ¿Cómo no serlo? Si un varón ilustre y famoso por sus hazañas, invicto y galante por antonomasia, sufre horas humillantes al lidiar con mi jefe, mis pequeñas derrotas cotidianas acaban brillando, por contraste, como luceros victoriosos en el firmamento de los días.

Te lo dije. Ser un superhéroe no paga porque las expectativas depositadas en uno se levantan sobre el cuerno de la Luna. Por eso, aunque me siguen fascinando y les invento con frecuencia, ya no quiero ser uno de ellos.

# ADN NACIONAL

Yo es que no puedo entender a la gente que se llena la boca diciendo cosas como: "Estoy muy orgulloso de ser vasco"; y aquí siéntete libre de poner el gentilicio que más te apetezca, como gallego, extremeño, canario y hasta español. Orgullosos, dicen. ¿Es que acaso les costó algún trabajo planificar donde nacer? De entre los cientos de nacionalidades y variantes regionales posibles, ¿deliberadamente decidieron en el útero materno adoptar la propia por tener virtudes específicas con algún atractivo particular? Más aun, ¿en qué oficina sometieron el formulario para completar tal transacción? No me hagas reír. Imagínate la alharaca si a las tías preñadas, después de los ocho meses de embarazo, comienzan a brotarles por la vagina solicitudes de viaje para adquirir nacionalidad. A esas alturas es imposible encontrar pasajes de avión baratos.

Similares sentimientos de incredulidad me produce el oír comentarios de tesitura análoga a: "Pues para mí, por encima de todo está la comida española. ¡Es que no tiene igual!" Claro, a quien escupe tales insensateces parece que se le escapa el minúsculo detalle de que ningún individuo, fuera del manicomio, suele argumentar que los manjares que más le deleitan son los que nunca ha probado. Nos gusta la gastronomía local porque es la que hemos comido toda la vida. De rechazarla, habríamos muerto de desnutrición.

Cualquier miembro de la tribu Masai argumentará que si

su dieta de sangre y leche de vaca cortada no ha sido declarada universalmente manjar de dioses, es porque la ONU es un nido de impíos y descreídos. ¿Degustar una tortilla de patatas? Además del peligro evidente de engullir un preparado que contiene cinco octavos de todo el colesterol generado en la Unión Europea, ¿a qué coño sabe eso? Pero, claro, los Masai son unos salvajes y encima no les gusta el toreo.

Somos españoles o vietnamitas o nigerianos porque así lo decidieron las circunstancias, sin que nosotros tuviésemos nada que ver con el resultado. En consecuencia, junto a los correspondientes gametos paternos y maternos, heredamos un idioma (varios, si somos afortunados), una religión (si no lo somos), una dieta, unas costumbres y un modo de entender el mundo, sin que se nos haya preguntado nunca si eso era lo que queríamos. Si nos preguntasen al nacer, estoy seguro que diríamos que queremos mamar teta, que nos limpien las cagadas (y las meadas también, que somos bípedos pero no del filo *Chordata*, orden *Galliforme*, familia *Phasianidae*, género *Gallus*) y que nos dejen dormir. Claro, con la excepción del anti-Cristo, como los bebitos no hablan sino que balbucean incoherencias, probablemente nadie se enteraría. Pero si nos preguntasen a una edad en la que ya podemos articular palabra, muy probablemente diríamos que bastante esfuerzo nos ha costado entender el significado de: "¡Jodido mocoso! ¡Deja de meterle el tenedor al tomacorrien… BZZZZZT!", para tener que aprenderlo todo de nuevo en otro idioma, así sea éste el usado por una sociedad mejor. Entonces, ¿de qué se supone que debemos sentirnos satisfechos?

¿Puede alguien sentirse orgulloso de haberse ganado el

Gordo de la lotería? ¿O del número que le dieron en el DNI? ¡Claro que sí! Si tiene la misma masa encefálica de un espárrago. Iguales calificaciones hay que tener para sentirse orgulloso de la nacionalidad y proclamar a los cuatro vientos la satisfacción por el arduo esfuerzo que nos ha costado obtenerla. Pero, a juzgar por lo que ve uno en las calles y en los telediarios, tal condición parece mayoritaria. Y, en confidencia, creo que la respuesta ha de residir en el hecho de que entre las maravillas inescrutables del cerebro destaca la presencia de enormes puntos ciegos, ópticos y psicológicos. Y la asombrosa capacidad que éste tiene para negar que los mismos existen.

La apretada masa de circunvoluciones que albergamos en el cráneo nos permite encontrar denominadores comunes a los entes y objetos que nos rodean. Gracias a tal habilidad podemos clasificar correctamente a tigres, tiburones, ovejas y gallinas. Aunque es bien sabido que los susodichos actores comparten membresía en el club de los animales y, como tales, participan del acto de alimentarse, el lugar que ocupamos nosotros en su ecuación masticatoria es dramáticamente diferente. En consecuencia, el poder agrupar a los que pueden ser almuerzo y separarlos de los que nos tienen apuntados como ídem en su menú, ha sido, histórica y evolutivamente, de importancia vital.

Sin embargo, con todo lo útil que estas habilidades taxonómicas son para dejarnos sobrevivir y propagar la especie, tienen una terrible contrapartida: la de aplanar las diferencias evidentes que cada individuo en el universo acarrea consigo. Ésta es la ceguera a la que me refiero: la que pasa en un segundo de categorizar objetos y sujetos, a expresar generalizaciones y prejuicios, sin advertir en que momento el tren de raciocinios y actitudes cambió de carril. La misma ceguera que nos empuja a llenarnos la boca presumiendo de compartir con otros cómplices ciertos rasgos sobre los que, en innumerables ocasiones, no tenemos control. ¿O es que a algún mortal le han dejado las deidades escoger el ser bajito, feo, calvo, moreno y barrigón?

No pienses que me exonero de este pecado. En mi caso personal, por ejemplo, a pesar de que mis simpatías políticas están claramente escoradas hacia el oeste del espectro ideológico, no se me escapa que, de entre los individuos que no las comparten, muchos no van a misa, no aprueban la imbecilidad clerical de tratar de administrarles a las gentes el placer, al abrogar por la abstinencia sexual pre-matrimonial, ni abrazan la oposición a los anticonceptivos orales ni la necesidad de practicar un culto determinado, para salvar al alma de chamuscarse en el infierno. Pero, con todo lo que compartimos, las meninges no me liberan de sus limitaciones. Para mí, lo mejor de las felaciones que ocasionalmente me han administrado las activistas políticas moderadas del PP han sido, siempre, los cinco minutos de silencio obligatorio. Es que nunca me he ligado a una ventrílocua. Además, ¿a que rojo bien nacido le apetece oírles las filosofías "made in FAES"? Y el aplicar tabla rasa lo hace todo más sencillo.

Un mundo en el que cada individuo es una entidad única que requiere ser tratada como tal, supone un ejercicio intelectual continuo que, para el humano promedio, con la excepción de Allan Watts, es totalmente imposible de alcanzar. Así, desde temprano, empezamos a apilar en grupos a gentes que comparten alguna categoría sencilla de reconocer y que no compartimos y les llamamos "ellos". "Ellos" pasan a ser, dependiendo de las circunstancias, o bien los que no tienen los mismos apéndices entre las piernas, o bien los que no comparten la misma lengua, o los que difieren en el color de piel, o los que no aplican los mismos condimentos, o los que no usan el mismo acento. Y, una vez que nos hemos tomado el trabajo de ubicarles en un compartimento estanco, añadirles lugares comunes resulta de lo más sencillo. Poco a poco las generalizaciones se van decantando y "ellos" acaban siendo los africanos caníbales, los gringos incultos, los españoles genocidas, los judíos traidores, los árabes asesinos, los negros flojos, los rumanos ladrones, las pobrecillas mujeres, las gitanas putas, los rojos antipatriotas, los vascos terroristas, los peperos fachas y pare Ud. de contar. Al decir: "Ellos", con un solo vocablo, ¡tantos conceptos se amalgaman con tan poco esfuerzo y tantas cosas adquieren claridad!

Recuerdo vivamente el día en que Rosa, integrante del trío de apedreadores de gatos, productores de llamadas telefónicas para joder a interlocutores despistados, tocadores de timbre para poner pies en polvorosa y gamberros pre-juveniles del vecindario, en general, que conformábamos con mi primo Fernán, tuvo su primera menstruación. Viniendo como venía de un hogar católico, apostólico e hispano, la pobre no tenía ni peregrina idea de lo que le acontecía y, como la vista de la sangre le metió el miedo en el cuerpo, no tuvo mejor ocurrencia que pedirle a mi primo que la mirase "por ahí", para ver que es lo que andaba mal. Fernán, conocedor de la misteriosa fuga de la dentición de leche pero desprevenido de las diferencias conceptuales entre "ellos" y nosotros, a fuer de su corta edad y escasa profusión de neuronas, le dio una revisión concienzuda, rematando con la sentencia inapelable de que: "Oye, vamos a tener que llevarte de inmediato a casa de tu madre, porque creo que has mudado la polla y los cojones." Más tarde, con ayuda de Alfredo, que nos llevaba un par de años de edad y algunos milenios de experiencia sexual, comprendimos que Rosa no era integrante del club nosotros, como habíamos pensado hasta entonces, sino del de "ellos". A partir de ese momento más nunca compartió nuestras correrías. Solo alguna que otra corrida, pero eso vino más tarde, con los magreos, y es harina de otro costal.

En fin, el caso es que como "ellos" no son nosotros, nos podemos permitir el lujo de segregarles, distanciarles, someterlos a nuestra prepotencia, superioridad y estatus de poder en el mundo, para negarles la posibilidad de compartir y de existir como individuos. ¡Es tan sencillo demostrar que "ellos" merecen tal trato! A fin de cuentas, si no comparten nuestro gusto por los huevos, las cebollas y las patatas es porque son unos bárbaros; y si lo hacen es porque obviamente están tratando de copiarnos, ¡Dios sabe con qué retorcidas intenciones! Si una porción minúscula de "ellos" roba, no es porque las condiciones socio-económicas, la desintegración familiar y las deficiencias educativas les han determinado la escogencia o porque alguno carece de un pliegue en el lóbulo frontal, como ocurre con los más desafortunados de entre nosotros, sino porque el color de la piel o el pasaporte o el idioma les empujan inevitablemente a ello. Y si la diferencia la produce lo que cuelga entre los muslos es porque la carencia de tal pendón lleva asociada claramente la marca de la minusvalía total de quien posee prestaciones biológicas inferiores. Una vez que hemos preparado un canasto marcado con un "ellos", es casi imposible rescatar a las personas lanzadas a la cesta para poder evaluarles como tales. Los pocos que se salvan, probando en el proceso nuestro prejuicio al insinuar alguna distinción, son siempre catalogados como excepciones. Y las excepciones confirman la regla que ha construido el concepto de "ellos".

Así, los tiburones son exterminadores de humanos, a pesar de la evidencia científica e incontroversial de que la absoluta mayoría de las sub-especies de *Carcharodon* no representa ningún peligro para el *Homo sapiens* y de que éste, a su vez, ha retribuido con desmesura el tratamiento, masacrándole en todos los mares hasta el punto de amenazarles con la extinción. Usando la misma longitud de onda, los españoles somos partícipes del genocidio indígena en Ibero América y causantes de su pobre estatura en el mundo moderno, mientras que la colonización inglesa es el motor creador del avance de la América que habla tal lengua; a pesar de que los rasgos indígenas son absoluta mayoría en La Paz o Ciudad de México y una ausencia conspicua en Denver, Colorado o Memphis, Tennesee; o que el producto territorial bruto de Guyana, Jamaica o Trinidad y Tobago deja tanto que desear. Pero así operan los prejuicios: sin necesidad alguna de soporte concluyente en la realidad. Esto es también lo que los hace tan difíciles de combatir.

Limpiar la mente de alguien afectado por el prejuicio simplificador del concepto de "ellos" es como llevar claridad a la pupila del ojo: entre más luz se le presenta, más se contrae para impedirle el paso. No lo digo yo, sino Oliver Wendell Holmes. Con otras palabras menos esclarecidas y un idioma menos rico. Pero ya sabes como son los gringos: tan sosos, directos y al grano.

¿Que cómo se resuelve el problema? ¡Yo que sé! Los españoles tenemos el liderazgo mundial en hablar hasta por los codos y en definir lo que está mal hecho. Ser constructivo y aportar soluciones no es parte de las responsabilidades del puesto. Si no que lo diga el Sr. Rajoy o tantos otros ex-ministros del PP. Si me presionas, se me ocurre que quizás la solución para tal dilema tiene diversas variantes: por un lado, continuar iluminando con información correcta a los prejuicios hasta que algo de claridad cuele y nos permita estar conscientes de que nadie está exento de poseerlos, aun en situaciones en las que estamos seguros de ser inmunes a ellos. Por el otro, el salir fuera de las cuatro esquinas donde habitualmente pateamos y dar un vistazo a lo que ocurre allende nuestras narices, para darnos cuenta de que los humanos de todas las latitudes compartimos muchas más categorías que las que nos empeñamos en separar con la etiqueta de "ellos".

Es más, después de pensarlo un poco, propongo que votemos un artículo constitucional por el cual a los hispanos, al llegar a la mayoría de edad, se nos prohíba vivir donde nacimos y se nos obligue a escoger otra región en la que trazar el resto de nuestra existencia. A fin de cuentas, lo que hace que los vascos que viven en ciudades como Bilbao sean tan abiertos de mente y tolerantes para con los no vascos es la circunstancia de que la gran mayoría vienen de lugares tan variados, exóticos y llenos de contrastes como Leketío y Mundaka. Sin mencionar, claro está, a Bermeo.

Al final de todo este rollo neuro-socio-político y el natural estira y encoge en el parlamento, si la enmienda se aprueba, el resultado va a ser que los españoles podremos anunciar con satisfacción genuina el ser navarros, andaluces o catalanes porque todos seremos charnegos o su variante dialectal. Y ya se sabe que los únicos que pueden proclamar a viva voz y legítimamente el orgullo de habitar en unas coordenadas geográficas específicas son los inmigrantes. Éstos sí que se labran, con su esfuerzo y a costa de sangre, sudor y lágrimas, el mérito de presumir del gentilicio, desde el momento en que deciden adoptarlo como su nueva identidad.

# ERRATAS DE LA FE

La otra tarde, en la oficina, estaban los colegas discutiendo acerca de las creencias de cada quien y yo les oía como quien escucha caer la lluvia. A mí, ya lo sabes, esto de las religiones, en general, como diría mi amigo Alfredo: "Me la trae floja". Con la única excepción de los vuelos. Es que cuando estoy dentro de un avión y vienen las fementidas turbulencias esas y el aparato se sacude más que un epiléptico, me reconcilio con la religión católica que, bien lo decía el ateo recalcitrante, es la única verdadera. Pero es cosa transitoria. Cuando piso suelo firme recupero la cordura y regreso a mi estado de laicismo natural.

No es que piense que Dios no existe. Es que me da igual si hay trescientas deidades, como si no hay ni una sola. En cualquiera de los casos, tú y yo seguimos cobrando el mismo mísero salario, las injusticias y desdichas en el mundo no se acaban y, a día de hoy, sigue en vigencia la ley de gravedad. Claro, ya te llevo dicho que docenas de años de entrenamiento con los jesuitas no pasan en balde: cada vez que el papa en ejercicio amenaza con morirse me pongo un poco nervioso. Es que si eligen a un papa negro, te juro que me arrepiento de mis pecados y me dedico a tragar hostias como un condenado. Si has leído a Nostradamus sabrás a que me refiero.

En el tema este, lo que me solivianta es lo de los clubes oficiales fundados para trasmitir y defender el dogma. A ver, tú, explícame: ¿Por qué necesita Dios de intérpretes para aproximarse a sus criaturas? ¿Es que desde el principio de los tiempos hasta este punto no ha tenido tiempo de aprender más idiomas que el sánscrito o el arameo? ¿Acaso asegurar un cupo en la Berlitz está más allá de su poder adquisitivo? Si yo soy su creación y valgo lo suficiente como para que haya sacrificado a su hijo en el intento de salvarme, pues debería tener la cortesía de dirigirse a mí, personalmente, de forma directa y no a través de una burocracia rancia y distante. Siendo omnipotente, lo lógico es que sepa mis señas. Y si no confía en el correo o no tiene teléfono móvil, pues que use el e-mail. ¿No? No me vendrás con el cuento de que es tímido y le cuesta romper el hielo. Con las llamas bien que no tiene problemas, a juzgar por lo de Sodoma y Gomorra. Además, ¿va a ser menos que la competencia? El demonio no se está con tanto remilgo ni tanta prosopopeya, y bien que me tienta en corto a cada momento. Que si una tía buena a la diestra, para estimular la lujuria, o una mentira al jefe a la siniestra, para quedarme en casa nutriendo la pereza. Si es que entre la ira, la gula y la avaricia, no me deja vida el muy cabrón. En cambio, para ponerme en contacto con Dios no bastan los buenos deseos, mi don de gentes y mi bonhomía, sino que tengo que irme donde el imán, rabino, sacerdote o chamán de turno, para que me de línea con el todopoderoso, como si se tratase de Telefónica o de un proveedor de Internet.

Parece una rutina cómica: "A ver, ¿está Dios? Pues que se ponga. Dígale que es de parte del padre Hernández. Sí, que es urgente, que ha venido el impío del Rodaja Angulo a hacerle mantenimiento al alma, que lleva más de cinco mil kilómetros de rodaje y se le ha vencido la viscosidad al lubricante". ¡Tiene bemoles! Y luego el cura me pasará el cepillo por aquello de las caridades, que darle al César lo que es de César está bien para la literatura del ramo, pero no para las realidades de la curia. En fin. Que esto de llegarle a la divina providencia pasando por el tamiz de las iglesias es como tratar de ver jugar al Real Madrid. Pero no en el Bernabeu, sino en Barcelona. Y no en el estadio, sino en una reunión de socios, todos sentaditos, con los ojos vendados y confiados en que les retransmita el juego verazmente uno de los de la peña merengue de Santa Coloma Gramanet que dice que lo oye por la radio, pero con audífonos. ¿Qué club de fútbol que tú conozcas ha ganado credibilidad y se ha hecho popular vendiendo entradas para ver a los directivos contar siempre la misma historia de competiciones pasadas y negándolas para ver a las figuras del equipo en acción?

Otro aspecto desconcertante es lo de la proliferación de encarnaciones de la divinidad. Tantas como para darle envidia a la liga de campeones. Que si el Yahvé de los judíos, o bien el Alá de los mahometanos, o el Cristo de los católicos, o el Siddartha Gautama de los budistas, o Shiva y Krishna de los hindúes y pare usted de contar. De entre todas estas opciones, ¿cómo sabe un peatón cual es la buena? Porque ya hemos discutido que Dios no se comunica en directo ni sus cohortes celestiales ponen señales de vialidad universalmente reconocidas y el Paraíso, que se sepa, tampoco es ninguna democracia parlamentaria con partidos y líderes que se alternen en el gobierno, según varíen las preferencias del personal en las encuestas. Así que, de acuerdo con los exegetas y forofos, si no se acierta con la selección a la primera, le espera a uno condena eterna. Lo que, según mis cálculos más recientes, es una cantidad de tiempo bastante considerable.

A mi buen saber y entender, los tópicos religiosos no tienen ni pies ni cabeza ni rima ni concierto. A las pruebas me remito: para ser creyente ninguna secta te pide examen de selectividad, someter tu currículo a consideración o presentar oposiciones. Tan solo te requieren creer a pies juntillas en las historias fantásticas que tus padres te han transmitido, sin cuestionarlas ni someterlas al tamiz de la lógica. Claro, después de que te enteras que ni los Reyes Magos ni el ratón Pérez ni la cigüeña existen, te das cuenta de que la credibilidad de tus progenitores en estos temas está al mismo nivel de Pinocho, sin el beneficio confirmatorio de que les crezca la nariz. Llegado este punto, si llegas, que a algunos les renquea el entendimiento desde temprano; intervienen las autoridades a cargo del lavado de cerebro y te fuerzan a digerir uno o varios libros que se consideran sagrados, generalmente sin caricaturas ni ilustraciones y que corroboran y promocionan las leyendas. Y a punta de repetición logran quemarte las neuronas, como quien marca con un hierro a un becerro. Es que Dios es como los críticos literarios: una persona muy seria y con poco sentido del humor. Especialmente para con la gente que no concuerda con sus juicios. Tú me dirás. Todo se reduce a tener fe, curioso vocablo que, no sé por qué oscuras razones, el diccionario de sinónimos no incluye al lado de la palabra "lobotomía".

Y todas las iglesias tienen un origen similar. Al principio siempre se trata de un alucinado, que suele atender por un solo nombre como Sabino, Buda o Jesús, quien asegura tener línea directa con el altísimo, por razones de pureza racial, filiación o empatía, y unos pocos despistados que le siguen; probablemente por carecer de empleo útil o aun de la voluntad de concretarlo. "¡Psst! ¡Psst! ¡Moisés! Te habla la zarza ardiendo para que seas el profeta de las tribus de Israel, pero ¡cómo vuelvas a tratar de apagarme, meándome encima, te derogo el nombramiento!"

Con el tiempo y el despliegue de un poco de publicidad, algunos trucos botánicos, geográficos, pirotécnicos y alquímicos, o bien por pura habilidad guerrera, cuando el número de afiliados crece, de pronto la locura alcanza respetabilidad, los bardos capturan y embellecen la crónica, la ponen por escrito y ésta se atribuye retroactivamente al influjo del todopoderoso.

Tengo que admitir que algunas religiones tienen detalles muy majos. El sentido práctico del judaísmo, por ejemplo. Me parece encantadora la historia del rabino que se hizo una billetera con la piel de los prepucios tajados en cientos de circuncisiones. Al acariciarla suavemente, crecía hasta convertirse en una bolsa de palos de golf. En el Islam, a su vez, está la opción de la poligamia. Y luego lo de poder divorciarse con solo decírselo a la mujer. Claro, a ver quien se atreve a espetárselo a la parienta en la cara, al regreso de su clase de Tae Kwon Do. Pero lo bonito es que se pueda. Eso siempre da esperanzas. También me gustan los caracteres del Corán, sobre todo porque no los entiendo y no tengo que memorizarlos, como el jodido catecismo con los jesuitas.

Pero así como tienen cosas majas, el judaísmo ortodoxo y el Islam tienen otras que no me gustan nada. Como lo de que vayan juntas la religión y la vida civil. Con todo y mis resabios de infancia, prefiero que me manden doscientos Padrenuestros por tener deseos impuros, que los de otra naturaleza son muy aburridos, a que me metan en prisión por dos meses o me apedreen. Eso de salvarle el alma a un creyente, moliéndole el cuerpo a palos en el proceso, no goza de mi estima. Para mí, el cuerpo es el templo del espíritu y, siendo tolerante e independiente como soy, que peguen fuego a una iglesia, como que incineren una biblioteca, me sabe a cuerno quemado. Sobretodo cuando el templo (o el cuerpo) es el mío. Ahí creo que los europeos, sin pecar de etnocentrismo, llevamos un pelín de ventaja. Los gringos, está todavía por verse. Que hay mucho Ralph Reed y mucho James Dobson suelto e imbéciles y piromaniacos que los jalean desde las alturas de la jerarquía partidista Republicana.

Sí, definitivamente, la intolerancia del extremismo islámico, igual que la de los judíos ultra-ortodoxos o la de los fanáticos cristianos o la de cualquier otro grupo sectario a ultranza, me parece cosa muy preocupante y la alternativa de una república integrista de cualquier signo es un concepto que encuentro repulsivo. Vivir en un sitio como ése sería lo mismo que tener de gobernantes a los asesinos de ETA, pero adornados con turbante, kipá o crucifijo y rosario, a juego con la ikurriña. Escudados en los textos y creencias que consideran sagrados, decreto-ley que no acatas, pistoletazo en la nuca que te pego y a quemarte en el infierno. Impuestos evadidos, bomba que le meto al coche de tu señora madre, a ver si pagas al fisco abertzale, so filisteo.

Me dirás que éstos son extremos y que el grueso de los fieles y de las religiones no actúa de modo tan cavernario. Pero la noción de que se posee la verdad en exclusiva y que ésta debe divulgarse y extenderse por encima de todo, sin apelación ni espacio alguno para la legitimidad de otros asentimientos, lleva la semilla del extremismo dentro. Cuanto mejor no sería que, en lugar de tratar de ganar ventaja en el mundo por separado y a través de la confrontación, las variopintas iglesias se organizasen colectivamente, seleccionasen una oncena o dos de fieles campeones y, a falta de disquisiciones y argumentos racionales que, obviamente, están fuera de lugar en este tema, compitiesen entre sí en un torneo anual, con la misma deportividad que los clubes en cualquier copa de liga. Así todas las sectas tendrían la misma oportunidad de coronarse, por una o varias temporadas, demostrando la superioridad pacífica de sus creencias a través del respaldo de los hados para sus colores particulares. Sin mencionar la de ingresos que obtendrían con la publicidad de artículos deportivos. Imagínatelo por unos minutos. ¡Rouco Varela, Moneir Mahmoud y Moshe Ben Dahan al mismo nivel de Beckham o Zidane! Y si el gusanillo del poder terrenal se le hace muy acuciante a cualquiera de sus seguidores, todo quedaría confinado a las intrigas internas en el control de cada organización. No me negarás que siempre es más llevadero un Florentino Pérez que un mullah Omar o que un Savonarola.

Pues nada. Hagan lo que hagan las religiones, una cosa es cierta: a mí me seguirá dando igual que Dios exista como que no y seguiré sin entender lo que algunas de ellas argumentan en sus textos sagrados porque, para mí, ciertas ideas suenan igual de extravagantes e irracionales en euskera o en iraní; sin ánimo de ofender, claro está. Un segundo punto es también evidente: siendo servidor laico e indiferente, a Dios, si existe, lo más probable es que le importen un comino mis barruntos. La furia que éstos generen en sus exaltados seguidores es harina de otro costal.

# LA RECONQUISTA

Por fin tengo la solución.

Luego de pensarlo detenidamente, creo que una estrategia que incluya alternativas para los múltiples finales posibles es lo mejor. A fin de cuentas, Rosa es a veces impredecible. Pero déjame que te cuente el plan completo y entonces, si te apetece, me das tu opinión.

Primero voy a poner unos avisos en la oficina de empleos, el gimnasio y los chiringuitos de Internet que están cerca de la oficina, pidiendo extras para una película. Lo mejor será convocarles a reunirse en la plaza del Charco, frente al kiosco de Kico el Cambado. Un poco antes de las 21:00 horas. Quizás unos diez minutos. Sí… diez es lo mejor. Si les doy más tiempo, los que lleguen temprano se aburrirán y empezarán a tocarle la mercancía al Cambado y éste, que tiene un genio de mil demonios y se lo tomará peor que si le exprimiesen las gónadas, les pondrá a caldo y me arruinará el proyecto.

A las nueve en punto empezaré a explicarles el plan y a repartir los vales para cobrar salario de un día como extra. Luego les asignaré a unos cuantos los carteles, el equipo de sonido y las máscaras. Una caja de estas últimas será suficiente. He visto que hay varias que están de saldo en la tienda de disfraces porque están pasadas de moda: Frankestein, Drácula, la cara de Aznar. Creo que la de

Drácula será la menos terrorífica. Las chicas irán con la cara descubierta. Las máscaras serán sólo para los chicos que sean más guapos que yo. No tiene sentido enviar señales cruzadas.

A las nueve y cinco les organizaré a todos al estilo de un desfile militar: cinco individuos por fila porque la calle del Barranco es estrecha. Lo mejor será pedirles que marquen la distancia, como en el cole. En cinco minutos deberíamos estar frente al piso de Rosa. Con suerte, cincuenta o sesenta personas. Creo que lo mejor será filmarles desde el mismo momento de la salida de la plaza, hasta la llegada, circulando entre ellos. Espero que las baterías aguanten y la iluminación no sea problema. Cuando me toque filmar a los del frente probablemente tenga que ir caminando de espaldas, por lo que le pediré a alguien que me advierta de los obstáculos. Una caída sobre los adoquines sería fatal.

Al llegar a lo de Rosa les pediré que se detengan y, a los chicos de la primera fila, que alcen los carteles marcados con la letra "A" lo más que puedan, para que sean perfectamente legibles desde cualquier ventana del apartamento. Con las farolas y las luces del edificio debería ser suficiente. Acto seguido, dejaré la cámara a un lado, insertaré el CD de Peter Gabriel en el estereo portátil y tocaré "In your eyes" a todo volumen. Llegado a este hito, como te he dicho, creo que lo mejor es tener varios finales alternativos.

Si, al final de la canción, Rosa no ha salido al balcón, será evidente que los carteles "A", que buscan halagarla y tienden a explotar su ego con lemas como: "Sí, soy más idiota que el inventor de pantallas de ordenador Braille para ciegos. Por favor, acéptame de nuevo"; "Tenías razón. Ni yo me llamo

PSOE ni tu apellido es Díez. Merezco menos tu síndrome premenstrual que Savater pero, de todos modos, perdóname"; "Tú eres el centro de mi universo; no me conviertas en un planetoide desierto en órbita elíptica alrededor de dos estrellas enanas rojas gemelas, alterada por la influencia gravitacional de cantidades ingentes de rayos gamma, materia negra, neutrinos y el pulso rotacional de tu desprecio"; etc., no han surtido efecto. En tal caso, pulsaré ininterrumpidamente por dos minutos el intercomunicador para asegurarme de que hay alguien en casa.

Si no hay insultos de respuesta, lo mejor será replegarse a la plaza del Charco y tratar de nuevo en una hora. Quizás, a las diez, Rosa ya esté de vuelta. El problema va a ser mantener entretenido al grupo para que no le toquen los géneros al Cambado. Ya veré como improviso unas partidas de chilindrón. Aún mejor: un concurso de talento. Igual alguien canta bien y me saco unas perras llevándole a *Operación Triunfo.*

Si, por el contrario, oigo insultos de vuelta en el intercomunicador, lo mejor será acercarme otra vez al grupo, poner el CD de Bowling for Soup, tocar "The Bitch Song" en el estereo y pedirle a los chicos de la primera fila que enarbolen los carteles "B", que apelan a su inseguridad y falta de confianza en su apariencia personal: "Rosa, ¿quién coño te va a querer con el sobrepeso que tienes? Si pareces la madre de Babar. Mejor estás conmigo que nunca te lo he echado en cara y siempre pago por tus cacahuetes"; "Razón tiene tu abuela cuando te dice que te vas a quedar para vestir santos. Santos es poco: Santos, Corinthians y Botafogo, por lo menos. Vuelve a mí que soy tu única esperanza de que te firme el Boda Juniors"; "¿Recuerdas la foto que nos sacamos, tú y yo, el día que fuimos a pescar, con el muelle de fondo y el atún que cogimos en el centro? La gente me pregunta que si la novia es la que está a mi lado. Regresa a mí que si sé sacarle lustre a las escamas de tu psoriasis".

Si, al final de esta segunda canción, Rosa no se ha asomado al balcón, será evidente que los carteles han fracasado rotundamente y será tiempo de usar el micrófono del estereo.

Primero, notificaré a mis "extras" de que ha habido un cambio de planes para el cobro del salario del día y les daré la dirección de la plaza del Obispo Rangel. Luego, me aseguraré de meter la filmadora en el macuto y de atarme éste bien firme a la espalda, gritaré a todo pulmón las frases que tengo previamente seleccionadas y, tras esto, sólo quedará correr lo más rápido que se pueda, porque tengo el pálpito de que tras el primer: "¡Puta, cabrona, mal rayo te parta!", amplificado al máximo volumen, la familia o algún vecino con piel delicada llamará a la policía.

La semana siguiente repetiré una rutina idéntica desde la plaza del Obispo Rangel, con el mismo subterfugio de la película. De allí hasta el piso de Cristina son sólo diez minutos. Seguro que con ella tengo más suerte.

# AMORES MALSANOS

Creo que hay un bolero que dice que en la vida hay amores que nunca pueden olvidarse. En mi opinión, esos amores son más comunes que la carne de perro en Seúl. Los amores verdaderamente patéticos, como el del calvo por su bisoñé o el del consejero delegado, designado por Coalición Canaria, que aún no ha sido presuntamente implicado en ninguna trapisonda inmobiliaria o financiera, por su carné de partido; son aquellos que no pueden explicarse.

Ya nos conocemos. Sé lo que me dirás: "Bueno y ultimadamente, ¿tú qué sabes de ese tema?" ¿No? A lo que debo concederte que no milito en ninguna cofradía y que mis conocimientos en materia de boleros no van más allá de un casete de Tito Rodríguez y unos discos compactos de Antonio Machín y Daniel Santos. Pero en asuntos de pulir la hebilla a dúo con bailes de salón y en amores inexplicables, ahí sí que soy un tigre de la Malasia y perdóname lo poco vernácula de mi selección, pero es que Salgari es Salgari y los tigres que vemos en España por estas fechas vienen de México y tocan el acordeón.

Por ejemplo, déjame empezar por lo básico. Después de mucho estudiar el tema, he llegado a la conclusión de que los síntomas inequívocos de que uno está enamorado son cuatro: se lleva la cabeza erguida, el corazón da saltitos dentro del pecho, uno se siente como si caminase en el aire y el mundo parece un lugar feliz y maravilloso. Claro, estas son también las señales de pólipos en el intestino grueso o de que se tiene una erección; así que siempre es bueno constatar manualmente o darse una pasada por la clínica, en caso de dudas. Ahora bien, el enamoramiento es causado siempre por la presencia del ser amado. El cáncer de colon todavía no se sabe. Es obvio que algunas novias, de puro feas, pueden arrugarle de continuo el esfínter y las áreas circunvecinas a quien las mira, pero ninguna universidad americana ha producido todavía estudios concluyentes sobre el tema. Y es ahí, precisamente, donde radica el quid del asunto: en cualquier enamoramiento plebeyo siempre hay una misma causa y un mismo efecto.

Enamorador(a) y enamorada(o). Adorador(a) y adorada(o). Castigador(a) y gilipollas. Como pedrada y chichón, salivazo y pescozón, frenazo e insulto a la madre que te parió, ambos elementos vienen siempre en pares. Y si se va más allá del mero rozar la superficie y se penetra más hondo (que es lo que la mayoría de los enamorados realmente desea), se encontrará que el substrato del sentimiento tiene raíces perfectamente identificables en la genética. O dicho en palabras de Cicerón: "E Glande Quercum Educimus". Que traducido al castellano quiere decir: "La cabeza que rima con olla, piensa sólo en venérea tramoya".

Bueno, en realidad la traducción puede que sea diferente, pero tú y yo sabemos que tira con más fuerza un pelo del coño que una soga marinera y que más de uno(a) piensa por donde mea... y seguro que Cicerón, como buen andaluz de Frosinone, debe haber soltado alguna que otra impertinencia al respecto. El caso es que establecer la causa de esos amores resulta más fácil que darle una pedrada al suelo y tales apasionamientos, digan lo que digan las bachatas o los boleros, no tienen nada de espectacular: se ama porque el repositorio sentimental lleva nuestro ADN o porque luce como el portaaviones ideal para que éste despegue y se recombine.

Arrechas son otras pasiones y arrebatos amorosos que nadie nunca ha sabido aclarar. Por ejemplo, el amor obsesivo, casi en calidad de fijación, que Julio Rey o Chema Martínez sienten por la trotadera. ¿Quién puede explicar cual es la secreta satisfacción que depara el dispararse a correr desmadrado, echar los bofes por cuadras y cuadras de ciudad llenas de contaminación automovilística y de cagadas de perro, sudar como beduino en caravana, pero sin la oportunidad de agenciarte alguna mercancía de contrabando, y todo para llegar al mismo lugar del que se partió? Si el tema es dar vueltas y vueltas para volver al mismo sitio, más les valdría a los trotones montarse en caballitos de feria, que es una actividad mucho más descansada y hasta tiene musiquilla. Trotar es un castigo tan ruin que los militares ponen a los pobres reclutas a hacerlo. La única causa que yo puedo encontrarle al amor por el dar carreras es que el trotar mate las células cerebrales. Si ese es el caso, me imagino que cada vez que alguien tiene algún remordimiento o algún reconcomio con el jefe, el afectado sale a correr como un desesperado hasta que la neurona encargada de amargarle la vida, recordándole el incidente, cae fulminada en el piso del cerebelo, víctima de la trotadera.

La idea no parece mala, a menos de que se analice con cuidado. ¿Qué pasa si las que caen muertas son las neuronas encargadas de recordar las señas del sitio en que uno vive? De repente, se me ocurre que eso es lo que les ha pasado a esos trotadores que uno ve con cara de despiste en algunos parques. Los pobres salieron corriendo de casa hace más de tres semanas, pero ya no recuerdan ni como se llaman ni las palabras que se usan para preguntar.

Amor inexplicable, también, el súbito impulso que cada ciudadano siente por su médico cuando, gracias a alguna enfermedad, pasa de transeúnte a paciente en la consulta del galeno. No es que yo quiera menospreciar los logros de la vocación pero, en el montón de años que van desde Hipócrates a Deepak Chopra, los médicos todavía no han podido curar una enfermedad tan silvestre como el catarro común. Yo creo que si les quitásemos la medicina a los médicos y se la diésemos a alguien más competente, digamos, por ejemplo, la Sony Corporation; los tratamientos contra el catarro serían mucho más eficaces, en estereo y compatibles con la Play Station.

Todo lo que hacen hoy en día los doctores es inventar viruses, síndromes y operaciones raras que solo son conocidas por ellos y por el personal de los seguros médicos privados que les pagan por hacerlas. Ya sé. Aquellos cubiertos solamente por la seguridad social, favor abstenerse.

El típico diálogo médico-paciente de hoy en día se desenvuelve como sigue:

–No se preocupe, Don Abundio. La operación para implantarle el nodulus raquídeo electrónico cerca del mesenterio epidérmico fue un éxito. La semana que viene lo operamos de nuevo porque hoy se nos olvidó ponerle las pilas.

–Pero, doctor, yo lo que tengo es el brazo fracturado.

–¿Y qué le hace a Ud. pensar eso, buen hombre?

–Pues vea Ud., es que cuando me caí del árbol el brazo me crujió como si fuera una galleta y, ahora mismo, me duele horrores. Además, fíjese aquí, ¿no ve el trozo de hueso este, asomando por entre los borbollones de sangre?

–Don Abundio, ¡déjese de zarandajas! Los síntomas que me está describiendo corresponden claramente al síndrome mesentérico epidural que le acabamos de operar. De todos modos, quédese tranquilo que a partir de mañana le haremos tres millones de euros en exámenes de laboratorio, para corroborar el diagnóstico.

Y el pobre Don Abundio (y como él, multitudes entre las que me incluyo) se deja llevar rodando en su camilla, bendiciendo a la providencia que le ha permitido acercarse a tan bondadosa figura. ¿Dime tú si ese cariño no es más bellaco que el de Romeo y Julieta? A fin de cuentas, lo que Romeo le metió a Julieta no fue una sonda para hacerle una rectoscopia, sino algo mucho más delgado, más calientito y por vía vaginal.

Amores como los de Tristán e Isolda; Abelardo y Eloísa; Charles y Camilla. Te digo, esos crecen más silvestres que las ovejas en Cantabria. Amor templado el del diabético que sigue visitando con fidelidad al mismo médico que ya le ha amputado un pie y tres dedos.

Ahora bien, de todos los amores inexplicables que yo conozco, ninguno más telúrico, misterioso y profundamente conmovedor que el que siente Ignacio Ramonet por el comandante Hugo Chávez, desde el preclaro día en el que tan enjundioso y docto personaje debutó leyendo comunicados golpistas en la televisión venezolana. ¿Será que el magnánimo presidente de la Media Watch Global de alguna manera asocia al marcial prócer de Sabaneta de Barinas con la figura médica que salvará a Venezuela y a todo el tercer mundo de sus males? ¿Será acaso que, como le desvela el curar a Ibero América de su catarro, está de acuerdo con extirparle los pulmones para que no siga jodiendo con la tosecita? ¿Será que, emulando a Cristóbal Colón, para llegarse a los derechos humanos y la justicia social en el Este, ha optado por cohonestar una travesía megalomaníaca, autoritaria, militarista y empobrecedora del país por el Oeste? ¿Será que es un aficionado consuetudinario a las carreras y por ello siente afinidad por el irrepetible militar, quien, como cadete asesinó muchas células cerebrales propias, trotando y haciendo filas, y como líder bolivariano dispuesto a sacrificarse por la patria reeligiéndose ad líbitum, está proponiendo triturar las neuronas que generan el ideario de sus disminuidos adversarios políticos, pero incluyendo al resto del cuerpo?

Ojalá yo pudiera entender la ardorosa y honda pasión de monsieur Ramonet, expresada con la valentía de quien se expone a los terribles riesgos personales implícitos en el pasear por las riberas del Sena y el opinar a la hora del aperitivo en los bistrós de Montparnasse... pero mejor lo dejo de este tamaño porque por más dedicación que le pongo, no acabo de cogerle el tumbado rítmico a ese guaguancó. Y si bien dice un bolero que hay amores que nunca pueden olvidarse, también hay otro que dice que hay amores que matan. ¿Tú qué crees?

# PERRA VIDA

Sé que algunos pueden haberte comentado que soy del tipo obsesivo, pero yo no comparto esa opinión. Motivado, sin duda. Entusiasta, también. Pero obsesivo, definitivamente, no. A las pruebas me remito. Te consta que no me limpio las uñas insistentemente ni me escarbo la nariz cada vez que estoy nervioso. Tampoco me acosa la carraspera cuando tengo que hablar frente a la grabadora ni tengo tics nerviosos evidentes. Paso de tales compulsiones; aunque admito que, muy de tarde en tarde, me aguijonea algún impulso.

Del mismo modo, puedes estar seguro de que no corro a cerrar la puerta de casa una y otra vez por temor a haberme olvidado de hacerlo, no toco las hornillas de la cocina docenas de veces para asegurarme de que están apagadas, no miro la secadora continuamente para confirmar que no me he dejado ropa dentro, no salto sobre las fracturas del concreto del piso para evitar pisarlas, no cuento mis pasos con cada caminata ni me levanto de la cama siempre con el mismo pie. Aunque, de pascuas a ramos, me afloren en la conciencia tales instigaciones.

Por el contrario, me veo a mi mismo como una persona espontánea, original, siempre abierta y dispuesta a probar cosas nuevas y experimentar con gustos y eventos desconocidos. Y tal conducta la aplico sin discriminación a comidas, vinos, ritos, artes, gentes y hasta filosofía de vida.

Te ofrezco estas aclaraciones porque, aunque puedan sonar como alabanzas de mi mismo, tales palabras no acarrean vituperio cuando es forzosa la necesidad de decirlas para probar el punto en discusión. Pero, por si acaso no fuesen suficientes, déjame exponerte unos detalles para que los hechos hablen por si solos: a los nueve años fui católico de tres misas a la semana; a los once falangista; a los trece ateo sin remisión; a los quince comunista; a los diecisiete anarquista; a los dieciocho, desencantado de las ideologías políticas, busqué consuelo en la filosofía empírica; a los veinte encontré el existencialismo y a partir de los veintitrés, cada seis u ocho meses, he sido seguidor alternativo de Krishnamurti, el Gurú Maharaj Ji, el sufismo, la cábala, el credo Bahá'í, los Hare Krishna y el maestro Sai Baba, por sólo citar algunos.

Reconozco que hay quien podría ver en tal periplo la búsqueda obsesiva de un código de conducta vital o la sombra de una figura paterna débil, pero esas interpretaciones cogen al rábano por las hojas. Yo bien que tengo asumido que es, como te vengo diciendo, simplemente la expresión de mi apertura mental, sosegado discurrir y extremada curiosidad intelectual.

Pero es que la mayor parte de la gente, cada día me convenzo más de ello, son esclavos de lo predecible, lo conocido. Viven quejándose de la rutina y de la monotonía de sus vidas pero cuando aparece la oportunidad de abrazar algo nuevo y original, la incertidumbre les paraliza, se debaten sobre qué hacer y acaban por descartarlo, cuando no por rechazarle violentamente; porque tan pesada carga es la abundancia que se presenta al que no está usado a tenerla ni sabe usar de ella, como lo es la carencia al que de continuo la tiene.

Terror. Esa y no otra es la verdadera causa de tal conducta. Terror al cambio, a lo desconocido y sus consecuencias. Terror que paraliza y en cuya presencia, en muchos casos, aun la escogencia de una alternativa ligeramente diferente es forzada. Terror que ante la posibilidad de quedarse solos en el ejercicio de lo estrictamente antiguo, genera un desbalance que permite vencer la inercia del miedo original. Lo único que hace, en alguna circunstancia excepcional, que el terror a dejar de lado lo sabido aminore, es la repetición por persona interpuesta: si otros ya lo han hecho, quizás no hay peligro en intentarlo. Pero, dime tú, ¿quién puede encontrar mérito en tales cobardías? ¿Quién puede puede reconocerse como racional cuando toda conducta está dictada por el instinto? Yo no. Ya sabes que en el gusto o el juicio ajeno no reside mi bien propio. Pero me desvío.

Ahora que lo pienso, en realidad, quizás todo este prolegómeno sobre; pero es que quería comentarte sobre el Nagual Felipe y me pareció que era pertinente darte antecedentes, no sea cosa que te hagas una idea errada y pienses que es un culto al que me he afiliado porque está de moda. Nada más lejos de la verdad.

Al Nagual lo descubrí gracias a un libro que me dejó mi amigo Alfredo. "Léelo", me dijo. "Sé que a ti estas cosas te llaman la atención". ¡Y tanto! El libro me deslumbró. Jamás pensé que alguien fuese capaz de empacar tantas verdades y tan bien razonadas en cien páginas. Felipe es heredero de los

Toltecas del Yucatán y se ve que éstos sí que lo tenían claro en su aproximación a la vida. Entre el consumo y uso del pulque, el mezcal y el peyote, los alambiques intelectuales y sus destilados los tenían más relucientes que una patena. Con razón la Iglesia Católica trató por centurias de erradicar sus creencias: habrían perdido toda la audiencia de no hacerlo. Primero en la Nueva España y luego en la península.

Te lo explico: según Felipe, los hombres nos pasamos la vida buscando infructuosamente la libertad. Acusamos al Gobierno, a Dios, a la religión, a la sociedad, al capitalismo, a nuestros padres y hasta al matrimonio, de no permitirnos alcanzarla. Pero, en realidad, ¿quién es culpable de nuestra esclavitud? Nosotros mismos. Porque estamos domesticados. Cargamos nuestro pasado y sus modelos mentales, toda una prisión, a cuestas. Conceptos cavernarios. Normas de conducta revenidas. Restricciones y prejuicios heredados. No nos atrevemos a romper los barrotes ni los grillos imaginarios y repetimos las mismas acciones insatisfactorias, una y otra vez, esperando que el resultado sea diferente porque el escenario exterior ha variado un poco. ¿Cómo pretender la libertad si somos los carceleros perennes de nosotros mismos? ¡Habrase visto mayor locura!

Pero eso no es todo. Para mayor desgracia, sobre nuestros hombros reside un juez, al que llamamos conciencia, aplicando el código de prejuicios rancios que nos niega la felicidad y dictando sentencia sobre cada acción que entretenemos: desde dejar un trabajo castrante en una revista de segunda clase para dedicarnos a tocar la flauta de pan en las estaciones del metro, hasta sacarnos la ropa durante un día de entre semana y disfrutar del sol en cueros en los alrededores de la Cibeles. O abandonar el coche deportivo y el piso de tres habitaciones, con su hipoteca a pagar en doscientos años, para irnos a explorar el Tíbet fungiendo de mendicantes. Todo atisbo de libertad genera el levantamiento de expedientes procesales con acusada negatividad.

–Pero tú, ¿qué edad tienes? ¡Qué diría tu padre si te viese! ¡Un hombre hecho y derecho no se plantea esas mariconadas!

–¡Niña! ¿No te da vergüenza? ¡Pareces un chollo! ¡Esas son cosas de putas, criadas y verduleras!

–¡Si serás imbécil! Pero ¿cómo se te ocurre tal idiotez?

Cada reacción espontánea o poco convencional se transforma en un paso en falso y recibe una sentencia condenatoria de este magistrado implacable, para el cual nunca somos lo suficientemente buenos, lo suficientemente íntegros; o lo suficientemente maduros para trazar nuestro propio sendero. ¡No en balde nos sentimos encadenados! El miedo a su censura nos coacciona continuamente.

Ahora bien, ¿quiénes son realmente libres y felices todo el tiempo? Exceptuando las ocasiones en que se dan un tortazo, deciden hurgar el tomacorriente más cercano hasta encontrarle la electricidad o alguien les larga un sopapo para que se estén quietos... Piensa un poco. ¿Quiénes? Aquellos que todavía no acarrean ni a la prisión ni al juez consigo. Y se les nota. ¡Claro que se les nota! En la entrega lúdica, plena y sin reservas. En la expresión de descubrimiento cuando algo les atrapa la atención. En la libertad de exteriorizar sin reservas lo que sienten. En la capacidad de entretenerse por horas con un simple juguete. En las carreras desenfrenadas cuando se les lleva al parque. En los chillidos de anticipación, cuando la comida favorita se aproxima. ¿Quiénes son estas benditas criaturas? ¡Los perros caseros, claro! Por eso es que para ser felices y verdaderamente libres, los humanos debemos imitarles.

De acuerdo con las enseñanzas de los Toltecas, que yo comparto sin restricciones, para liberarnos del bagaje de nuestros prejuicios, del adoctrinamiento limitante y empobrecedor y del sistema de creencias y falsos valores que nos convierte en jueces y víctimas de nosotros mismos, tenemos que aprender de nuestros compañeros caninos. Sólo al actuar en el presente, involucrándonos intensamente con las experiencias vitales y nada más, olvidando los juicios del pasado o las vergüenzas imaginarias del futuro, seremos capaces de librarnos del terror, abrazar las alternativas reales que se nos abren día a día y actuar en libertad. Mayor sabiduría y claridad, imposible.

Pues nada. ¡Adiós para siempre al calabozo! Creo que toda mi vida anterior no ha sido más que una preparación para asumir mi rol como Nagual, siguiendo las enseñanzas prístinas de Felipe. Después de leer su libro, lo único que requiero es ajustar unos cuantos detalles menores con los colegas, mis amigos y la familia, para asumir enteramente mi emancipación espiritual y disfrutar la verdadera felicidad que la acompaña.

Por ahora, lo primero es lograr que no flipen, me insulten o me den de hostias cuando levanto una pata y me meo en las alfombras, me bebo el agua del váter, o les meto la nariz en el culo como saludo por las mañanas. Más adelante encararé el tema de montarme en sus piernas y restregarles rítmicamente la pelvis hasta correrme. Y dejaré para el final lo de trocar las duchas por lamidas concienzudas para limpiarme los testículos y el pene porque no sé si el intentarlo me produzca mal aliento al besarlos y acabe resultando en lesiones de columna permanente. Pero una cosa a la vez. A fin de cuentas, sé que lo que condiciona su respuesta negativa es simplemente el terror a la libertad.

# MUERTE SÓLO HAY UNA, ¡A DIOS GRACIAS!

Siempre me ha parecido una contradicción flagrante el hecho de que la gran mayoría de los católicos creyentes, aunque profesan airadamente su vocación de ir al cielo, son muchísimo menos entusiastas cuando se trata de acelerar la implementación de tal deseo. Yo es que he olvidado gran parte de la propaganda con la que los jesuitas me bombardearon en mis años de infancia. Al menos de forma consciente, que ya se sabe que los lavados de cerebro y el Alzheimer no se puede predecir cuando delinearán sus estragos por entre los pliegues de la duramadre. Pero entre los temas que creo recordar estaba el de que un prerrequisito insoslayable para cualquier cristiano de a pie que aspire irse de residente al Paraíso es morirse.

Claro, esa no es la única ni la mayor de las antinomias. Es utópico esperar comportamientos coherentes de individuos que creen cosas absolutamente descabelladas e imposibles de probar. Gente que venera a un ente celestial que reina entre cohortes de criaturas con poderes sobre-humanos; responsable de nuestra existencia; que da señales de sus intenciones a través de luceros que aparecen intempestivamente en el firmamento y dispuesto, en algún momento indeterminado del futuro, a darse una pasada por estos predios para acabar de una vez y para siempre con el Universo y sus iniquidades, rescatando sólo a sus seguidores; tienen que estar chalados. Es imposible encontrarle lógica a tal sarta de idioteces. Pero espera… creo que me confundo. No hablábamos de la Orden de las Puertas Celestiales y el cometa Hale-Bopp, sino de los seguidores del papa romano y la iglesia que lidera. En fin, detalles menores. Las mismas creencias. Aunque me consta que a los "porteros" no se les puede acusar de hipocresía: se apresuraron a asegurar un asiento en la nave que estaban convencidos les llevaría a la diestra de Dios, sin detenerse a reparar en pequeñeces como la de preservar la vida.

Pero a lo que iba. No es que servidor tenga veta suicida, sin embargo, entre las escasas virtudes que me adornan destaca la coherencia y si creyese a pie juntillas que mis pensamientos, recuerdos y emociones cambiarán de residencia para mejorar y ganar mayor permanencia, una vez que el sitio que los origina cierre sus puertas, te aseguro que igual me animaba y me volaba la tapa de los sesos. Obviamente, no es ese el caso. Morirse, aunque no es un asunto sobre el que tenga mucha experiencia práctica, me da la impresión de que debe ser algo así como apagarse. Y aunque mis dotes intelectuales y psicológicas no estén al tope de la pirámide ecológica o la cadena alimentaria, no me apetece descontinuarlas, entre otras razones, porque ya dije que no creo que trasciendan el caparazón en el que habitan y, en última instancia, porque, aunque no valiesen nada, se han criado conmigo, les encuentro un no sé qué de bonito y les he desarrollado mucho apego.

Sobre el particular de la muerte, creo que la tecnología nos ofrece pistas significativas. Si bien los programas de computación, compendio de instrucciones binarias almacenadas en medio magnético o electrónico, son capaces de mostrarnos gráficos y sonidos, resolver problemas y deducir soluciones y pueden ejecutar todo tipo de acciones y reacciones, asociados a mecanismos apropiados; no sé yo de ningún caso en el que continúen su ejecución al desconectar el ordenador en el que residen y se procesan. De igual modo, ofende mi inteligencia el que alguno pretenda convencerme de que mi primo Fernán recuerda cada uno de los coscorrones que le infligió su progenitor, en aquellas ocasiones de infancia en las que su incontinencia urinaria nocturna se manifestó explícitamente en la lencería de cama, siendo que el cráneo en el que aterrizaron tales impactos y el cerebro que los registró como eventos dolorosos, se pudren en una tumba desde hace años. ¡Faltaría más! Encima de las zurras que le propinó el tío Paco, vergüenza eterna.

Y no digo nada acerca de la peregrina idea de percibir circunstancias o eventos que puedan ocurrirnos después de la muerte. Eso ya raya en estupidez supina. Una vez muerto, muerto se está y lo que acontezca al cadáver, bien poco importa. Entierro, incineración, donación de órganos, preservación en cloroformo para beneficio de estudiantes de anatomía; al muerto seguro que igual le da, porque ninguna reacción bioquímica puede reactivarle las dendritas y acabar registrada como emoción. Las acciones y pensamientos de los vivos ya son harina de otro costal.

No. No me interrumpas con menudencias. Ya me tengo sabida la retorta: "Es que no se puede comparar a un ser humano con un trasto. Los seres humanos estamos por encima de los objetos, tenemos un alma y somos creación divina". ¡Pamplinas! Si el Dios de los católicos en verdad nos creó a todos para, una vez convencidos y admirados de su existencia, llevarnos a vivir a su diestra; visto que ha dejado a la mayoría de la población a merced de la ignorancia, el fanatismo, la intolerancia y hasta el desprecio que significa el creer en otros dioses o en ninguno, muy poco hábil ha de ser. Ni siquiera es capaz de reclamar la primacía en beneficios y "market share". Procter and Gamble o Kimberley Clark lo habrían hecho mejor. Y si el tema no era el de ser líder del mercado en volúmenes, sino en calidad; despreciar tanta alma pagana, filistea e incrédula me parece de una ineficiencia rayana en lo criminal. Más le valdría haberse estudiado el ejemplo operativo de Toyota y sus lecciones de "Kaizen". Con tales antecedentes, tal entidad, divina o profana, carece de credibilidad.

En este tema, pienso que los budistas tienen la actitud más sensata. La muerte, tanto como la vida misma, es parte de un ciclo. Un ciclo de cambios continuos en el que, en forma estricta, nacemos y morimos, celularmente hablando, cada minuto; pero en el que no hay espíritu o alma, por tanto, no hay nada que pueda ir al cielo cuando se fractura irreversiblemente la totalidad del ente biológico que encapsula el proceso energético que somos. Nada inmutable que pueda cambiar de vehículo. Nada. Lo que hay son conexiones entre unos procesos vitales y otros. Como en el billar, el nacimiento transmuta la energía de la bola que inicialmente es golpeada con el taco, a las vidas que ella, a su vez, golpea. Y así, ad infinitum, en esta mesa de carambolas que es el universo.

Es un concepto simplísimo y genial. Lleno de sentido común. Lamentablemente, ni mi hermana ni el idiota del marido acaban, no digo ya de interiorizarlo, sino de simplemente entender de qué trata, prisioneros como son de la camisa de fuerza de la fe católica. ¡Y mira que he intentado hacerles entrar en razón! Sobre todo desde que murió mi madre. Un poquitín de tolerancia, añadida al simple uso del cerebro por su parte, habría hecho la vida de todos en la familia mucho más llevadera. Pero nada. La religión les ciega.

El primer altercado lo generó la insistencia en someterla a los sacramentos durante su agonía en el hospital, a lo que me opuse radicalmente. Luego el conflicto empeoró con su terca actitud de querer llevársela a la funeraria para tener velorio, rogativas y no sé yo cuanta cantidad de indignidades. A esto también me negué en redondo. La guinda la puso el pedido de enterrarla en el cementerio católico, con responso, cura y agua bendita. ¡Habrase visto! Yo fui la persona a quien ella designó como albacea y creo que así lo hizo porque soy un individuo racional. Cercano a la actitud de no creer en fabulaciones ni en idioteces que tuvo siempre, mientras estuvo viva. Pero eso, para ellos, no cuenta. Esta gente es que ni siquiera aplica principios lógicos a sus propias invenciones y creencias. Erre que erre con lo del entierro. Y luego despotricando contra mis decisiones. Reacciones que no tienen ni pies ni cabeza. ¿Acaso no conservan fotografías de mi madre? ¿Es el tenerlas y mostrarlas una falta de respeto a ese espíritu o alma que alegan que existe en cada ser humano? ¿Y qué tal si hubiese alguna estatua o un holograma de mi madre? ¿Se consideraría tal obra un irrespeto? Yo no veo por qué… Y, en mi opinión, lo que es bueno para tirios ha de serlo para troyanos.

Humildemente, acepto que mis percepciones puedan estar erradas. Entiendo que en esta materia de la muerte no se dispone de suficiente información probada y comprobable como para establecer una ley empírica. Puede ser que la aproximación budista tampoco sea correcta o que mi interpretación de sus principios se desvíe de la literalidad de la doctrina. Pero la observación de fenómenos colaterales creo que nos permite el establecer paralelos analógicos. ¿No te parece? Mi criterio es que aquellas convicciones y acciones que nos permiten reflexionar sobre la transitoriedad, fragilidad y lo efímero de la existencia son dignas de tener precedencia sobre patrañas y falacias religiosas. Y de lo que definitivamente estoy seguro es de que ese cuento de hadas de irse al cielo, para estar a la diestra de Dios padre y luego reencarnar el día del juicio final, que comparten los católicos con los seguidores del culto de las Puertas del Cielo, no es más que un cuento chino perpetuado por la biología evolutiva del cerebro.

Si tan sólo mi hermana viese la luz por un instante, dejase los resentimientos a un lado y permitiese a mis sobrinos venir a pasarse los fines de semana conmigo a casa y disfrutar la piscina del edificio. ¡Cuánto mejoraría la vida para todos! Encima, los chicos recordarían más y mejor a su abuela, al verla así, serena y reflexiva, como en sus mejores días, embalsamada en mi sala de estar.

# ME TIENE SORBIDO EL SEXO

No sé por qué me acusas de no ser más franco y abierto. ¡Si te lo cuento todo! Yo más bien creo que es el extremo opuesto, ya que nunca en la vida había tocado los temas de los que hablo contigo. Entre otras razones porque, como dice el refrán, uno es dueño de lo que calla y esclavo de lo que confiesa y la vida enseña al aguilucho a vivir de sus uñas.

Es más, desde mi perspectiva, en nuestras conversaciones la atmósfera es una de transparencia porque, a estas alturas, ha quedado claro que tú sabes más de pecados y de debilidades que un confesor y en la confianza ajena consiste tu bien propio. Y, yo, otro talento no tendré, pero bien sé medir al personal y juzgar quien es confiable por naturaleza y no por artificio. Así que no le encuentro sustento a tu reclamo.

¿Que nunca menciono en detalle mis experiencias eróticas ni mis fantasías? No es cierto. ¿Acaso mi encuentro con Mónica no cabe en esa categoría? Y además, ¿es que tales cosas han de salir en la conversación a todo ruedo? Cada cosa tiene su tiempo. Pero, para que veas lo falso de tu premisa, déjame contarte esta experiencia con mi última novia: Rosa. Y no te quejes luego de que te he dado demasiados detalles.

Visualiza el escenario: el calendario muestra el mes de diciembre. Estamos en el piso de sus padres, solos, pues éstos se han ido de vacaciones a Alicante. Arrobado la miro envolver regalos en papel metalizado que resplandece con brillantes franjas rojas y plateadas, la lámina crujiendo y doblándose en ángulos afilados que abrazan cada caja que ella toca con amoroso cuidado. El paquete frente a mi no luce mal del todo pero, al lado del de ella, parece cosa de principiantes. Desprolijo, sin gracia. Descorazonado, se me escapa un suspiro, mientras le pongo el lazo de rigor y la respectiva etiqueta con el nombre del recipiente. La sala está toda invadida por los escombros de la batalla navideña.

–No sé por qué me empeño en darte una mano –me oigo decirle–, si tú lo haces mejor que yo.

–No seas bobo, cariño –me responde y, sin interrupción, coge el extremo del rollo de cinta roja de satén y lo desliza por debajo del paquete, rodeándolo hasta completar un par de vueltas–. Tus paquetes están estupendos. Además, prometiste ayudarme.

Un mohín infantil completa esta última frase.

–¡Oh! No creas que estoy tratando de zafarme de mi promesa. Puedo hacer otras cosas mientras tú empaquetas. Yo que sé... cortar la cinta, o darte los trocitos de adhesivo que te hacen falta. –Ahora soy yo el que sonríe, mientras aparto el regalo que recién he terminado fuera del área de la alfombra de la sala en la que estamos trabajando.

Acto seguido alargo la mano y me apodero de uno de sus pies, cubierto por gruesas medias de lana, y comienzo a frotarle los dedos.

–O puedo darte un masaje mientras completas la faena. Comenzando aquí y subiendo todo el camino. ¿No te apetece?

–Esa es una oferta muy generosa –me dice mientras

retrae el pie, desplazándolo de regreso a su posición original–, pero no nos sirve para empacar los regalos... y eso es lo que viniste a ayudarme a hacer. No a tontear.

–¿Tontear? ¿Quién dijo tontear? Yo tenía otras cosas en mente –le respondo, al tiempo que cojo la caja más próxima, un juguete para uno de sus sobrinos, y comienzo a cubrirla con el papel que tiene los personajes de tebeos–. Como, por ejemplo, ayudar a relajarte.

–¡Ajá! Seguro –suena su comentario, mientras completa el lazo de satén que corona el envoltorio, se incorpora y procede a poner el paquete con los otros ya finalizados.

Del grupo de regalos por envolver coge uno que está dentro de una caja rectangular y esboza una sonrisa preñada de complicidad que no puedo descifrar, al regresar a su sitio sobre la alfombra y desplazarlo sobre un nuevo trozo de papel de regalo. Con su consabida maestría termina los dobleces del papel y le coloca el adhesivo, mientras yo estoy todavía a mitad de camino con el mío.

–¡Adivina de quien es éste! –El enigma asociado a su sonrisa comienza a aclararse al transformarse ésta en risa contenida.

–¿Mío?

La respuesta a mi pregunta está claramente escrita en su cara.

–¡Ah! Eso es trampa. ¡Déjame verlo! –suplico.

–No.

–Porfa...

Me acerco a ella, tratando vanamente de atrapar cualquier indicio del contenido del paquete.

–Eso no se le hace a nadie –le digo–, que es peor que un strip-tease. ¡Anda! Déjame ver lo que hay en el paquete.

–¿De veras? ¿Peor que un strip-tease? –Y las manos se desprenden del regalo y se deslizan hasta el primer botón de la blusa, sacándolo del ojal, para darme un vistazo fugaz del sujetador transparente que desaparece tan rápido como apareció, al juntar ella de nuevo los bordes de la prenda.

–¿Peor que eso?

–No sé. Es que no me has dado tiempo a ver nada –replico.

Más botones sueltos.

–¿Peor que esto? –Y el nuevo movimiento, al descubrir el sujetador entero, por un par de segundos, me deja ver los círculos más obscuros que corresponden a los pezones, debajo del tejido transparente, antes de que la blusa vuelva a obstruir la vista.

–Eres una malvada, ¿sabes? –comento, mientras veo como ella regresa al paquete, para anudarle la cinta de satén que lo sellará hasta el día de Reyes.

El proceso continúa con la eficiencia que Rosa sabe imprimirle: tijeretazos aquí y allá, tarjetita con el nombre, cinta adhesiva y lazo rizado que corona el paquete. Una vez finalizado el encargo, me lo alcanza con la más pícara de las muecas.

–Puedes sacudir la caja un poco, si quieres. Pero creo que no te vas a enterar de lo que tiene dentro.

–Malvada –le repito y, tomándole la palabra, comienzo a sacudir sin mucha fuerza el regalo.

Nada. El movimiento no revela nada, pero eso ha debido serme obvio el mismo momento en que ella me ha hecho la oferta.

–Te mereces unas palmadas. Esto es la más refinada de las crueldades.

–¿A que no te atreves? –me reta.

–¿Que no? –Sonriendo, acepto; y alzando un rollo de papel de regalo lo blando como un sable mientras me aproximo a ella–. Ya verás como me preparo mi propio regalo.

–¿A que no te atreves? –me repite, con redoblada malicia, mientras se incorpora y retrocede lentamente sin dejar de mirarme a los ojos, hasta que viendo que ya estoy demasiado cerca, gira e intenta echarse a correr.

Muy tarde. Mis brazos le rodean la cintura y la aprietan contra mi cuerpo. Siento su calidez embriagante.

–Cómo se te ocurra hacerme algo, lo pagarás caro –espeta entre dientes.

Amenaza vacía. Lo sabemos ambos. Pero ella sigue la comedia, sacudiéndose un poco y tratando de librarse del abrazo que la retiene. Yo, entre tanto, desando el camino lentamente, con el dulce rehén entre mis brazos, hasta que estamos de nuevo sobre la alfombra.

Bajo los labios y los poso en su cuello. Con besos hilvanados a todo lo largo de la suave superficie comienzo a generar la respuesta prevista y la piel de gallina que éstos causan es seguida por ligeros estremecimientos. Rosa ya no intenta escapar. Antes de que pueda darse cuenta, manipulo la blusa con mi mano libre y ella no objeta demasiado que ésta caiga al piso. Luego le sigue el sujetador.

–¿Y los regalos? –me pregunta con voz no muy firme–. ¿Cuándo vamos a empacarlos? Mi hermana estará en casa en unas horas.

–Tengo que desempaquetar mi regalo primero –le susurro al oído, entre nuevos besos por sobre el cuello y los hombros.

Al poco tiempo, los pantalones de algodón se deslizan por sobre sus caderas y piernas, hasta encontrarse con el suelo. No está claro quien los ha liberado. Las bragas siguen la misma trayectoria y es evidente que están todas húmedas con los fluidos de la anticipación. Dándose la vuelta entre mis brazos, Rosa se aprieta contra mi cuerpo y desliza sus brazos alrededor de mi cuello.

–Me has engañado. Yo creía que lo tuyo era envolver, no destapar.

Nuestros labios se juntan. Las lenguas se rozan. Los cuerpos tiemblan.

–¡Ah! No creas que te has librado.

Antes de que pueda reaccionar y aprovechándome de su sorpresa, entre una orgía de movimientos acelerados, la enrollo con el papel de regalo metalizado que nunca ha dejado mi mano izquierda. En cosa de segundos, una, dos, tres vueltas de material la cubren, sujetas con largos trozos de cinta adhesiva.

–¡Qué regalo más bonito que eres! –le digo, al terminar la faena.

–¿Acabaste? –me interroga, tratando de sonar enfadada, pero la risa la traiciona.

–Mmmm... todavía no. –Y separando el papel encerado del borde de uno de los lazos más grandes que he recogido del piso, procedo a pegárselo en la coronilla.

Lentamente retrocedo unos pasos para contemplar mi obra. Los hombros están desnudos, ya que el papel apenas alcanza a cubrir desde por encima de los senos hasta el vientre, aprisionando los brazos pero dejando la parte inferior de las caderas descubiertas. Las firmes nalgas están al aire y el vellón del sexo también está todo expuesto. Acercándome, alargo un poco la mano hasta tocarlo. Ella da un respingo, pero se recupera inmediatamente. Yo continúo acariciándole dulcemente el exterior de la vulva, mientras le beso el lóbulo de la oreja.

–¡Perfecto! Ahora solo tengo que ponerte al pie del árbol de Navidad, hasta que lleguen los Reyes.

Apenas he acabado de susurrar tal frase, cuando la puerta del piso se abre y entran los padres de Rosa.

Las vacaciones de invierno no es lo único que estos idiotas han acortado. De golpe y porrazo, mi libido, mi vida erótica y la enciclopedia de mis recuerdos reciben tal cantidad de palos y coscorrones que se me reflejan en el cuerpo y en el alma, que los del cuerpo, para entretenerlos, me cuestan mogollón de sudores, y los del alma no hallo remedio para aliviarlos siquiera, tras meses y meses de haber hecho aparición.

De Rosa, ni hablemos.

Para que luego me riñas por no ser más franco y más abierto.

# LOS HUMILDES SONIDOS DEL SILENCIO

¡Y dale que te pego con lo de que soy incontinente verbal pero comunicacionalmente estíptico y que eso refleja mis carencias de auto-estima! ¿Qué esperas? La práctica de alguna actividad colateral no necesariamente cría músculo: igual llevo años masturbándome más que el escocés al que se le murió la oveja favorita y no puedo abrir los frascos de pepinillos en conserva, sin la ayuda de un paño de cocina. A mí, como a muchos otros, nos han enseñado a hablar, sí... ¡y tanto! Corresponder empáticamente con los congéneres es otro tema. Pero ¿qué coño tiene eso que ver con mi percepción de mi mismo?

Para empezar, que lo sepas, me molesta profundamente el abuso de la necesidad de promoción personal que prolifera en la España de hoy. Pareciera que lo de la auto-estima es uno de los derechos fundamentales del hombre: el Santo Grial de la felicidad y la paz interior, anunciado por el profeta Henry James; el sine qua non de la realización personal; el tópico por antonomasia de la psicología popular y el origen de todas las causas, al punto de ameritar un artículo en cada una de las ediciones de las docenas de revistas del kiosco, junto al sempiterno de los "Cinco secretos sexuales para volver loca a tu pareja".

Pero, por si no te has enterado, los macarras y los anti-sociales no tienen carencia de auto-estima. Tampoco la tienen los ladrones de cuello blanco ni los energúmenos ni los explotadores ni los que pegan y reprimen ni los imbéciles que denigran e insultan a los demás. A todos éstos les sobran justificativos, respuestas y certezas. Pregúntaselo al *Solitario* o a Julián Muñoz, a ver que te dicen. Y bien que les vendría una reducción en lo de adorarse a si mismos a los pijos e hijos de papi, a los forofos de Wall Street y a los nuevos ricos. Creo que si se les aplicase tal rebaja tendríamos menos congéneres maleducados, intolerantes, inciviles, corruptos, violentos y abusivos. Y, por cierto, menos gente inscrita en el PP.

En lo que a mi concierne, la auto-estima de estas gentes no es lo suficientemente baja. En el subsuelo debería estar. Pero lo más triste es que si a tales especimenes les preguntas sobre la micro-estructura de mapa espacial en la corteza endorrinal y la amígdala cerebral; o bien sobre las condiciones para la estabilidad asintótica de un estimador lineal de varianza mínima discreta, ninguno te dirá que sobre ese tema no puede hablar. ¡Es que saben y opinan de todo! ¡Para eso son españoles castizos, joder! Y lo que no han aprendido al oírse hablar a si mismos sobre el tema, lo van improvisando.

Gracias a tales compatriotas, si alguien se dedicase a medir periódicamente la auto-estima per cápita, como se mide el Producto Territorial Bruto o los avances del mercado bursátil, los españoles seríamos segundos en todo el universo y sus galaxias, hasta el fin de los tiempos. Probablemente iríamos solo detrás de los argentinos, que del estar pagados de si mismos y del malgastar las riquezas patrias han hecho artes.

La búsqueda y adoración de la bendita auto-estima nos ha dejado con un montón de enfermos de narcisismo situacional adquirido, personalidades retentivas anales, dismórficos corporales, gentes con disonancia cognoscitiva, pacientes del síndrome del diente hueco, herederos de la certeza moral de los posesos, cuando no solipsistas, penterafóbicos, singenesofóbicos, plutomaníacos, perversos polimórficos, sádicos con escrúpulos y hasta tricotilomaníacos. Como diría mi prima de Cuba: "¡Mira que hay come-mierdas en este mundo!" Para serte franco, de esta calaña, a la única gente normal que yo conozco, son gente a la que no conozco bien.

¡Ah! ¡Qué tiempos aquellos en los que el personal podía permitirse verdaderos trastornos mentales sin que les devaluasen con lo de la carencia de auto-estima! Como añoro la revelación, cada vez más escasa, de que alguien sufre de catatonia, postración nerviosa, una neurosis o una psicosis bien llevada. Bienaventuradas las depresiones, la ansiedad generalizada, la hipocondría, la misantropía, el nihilismo, las compulsiones obsesivas, la paranoia y hasta el desorden psicótico causado por los retorcijones del alma. Ahora toda conducta desviada se resuelve con atribuirla a lo de la puta estima. ¿Que fulanito estafa?

–Pues eso ha de ser porque en el colegio católico le han rebajado su valoración personal.

¿Que perencejo miente y engaña?

–Se debe tratar de una deficiencia en la confianza en sus propios méritos, inculcada en la guardería privada.

¡Pues para tu información, los pobres necesitan un trabajo digno e ingresos decentes, no una receta de como comer mierda psicológica! Los ignorantes requieren educación y humildad, no terapia justificatoria. Y los ricos, explotadores y sus cohortes: la curia decimonónica, los loros que repiten sus mentiras en los medios de comunicación y los políticos de ultra-derecha que les sirven de vasallos, requieren que se les pare el trote con leyes adecuadas, se les obligue a buscarse la vida sin subvenciones, se les meta en prisión al delinquir o se les condene al ostracismo social. Y todos requerimos que las cosas se llamen por su nombre, sin eufemismos y sin maniobras para engañar a los despistados.

¡Habrase visto! En consonancia con los nuevos modos de su partido, la secretaria general del PP ha prometido abandonar la estrategia de crispación, si el gobierno les deja quemar vivo a un ministro, cada quince días.

–Para demostrar que sabemos ser solidarios, no hace falta que la administración del Sr. Zapatero nos provea el kerosén. Lo pondremos nosotros, generosamente –ha apostillado la Sra. Cospedal.

Como muestra de buena voluntad, un adelanto: la secretaria ha prohibido insultar al Presidente del Gobierno.

–Pero Ud. le ha llamado idiota hace tan solo quince minutos –recrimina un periodista.

–No señor. Le he dicho que no sea idiota. Eso no es un insulto, sino un consejo sincero desde el corazón, para que mejore.

Tú dime. ¿Cuánto hay que elevarle la auto-estima a la australopiteca esta para que críe una capa de civilidad? Todo el mundo sabe que las tres prioridades del partido de la Sra. Cospedal son: el espionaje de rivales internos y externos, la valorización artificial de los bienes raíces turísticos a través de la elección de políticos corruptos y el fraude electoral. ¿Será mejor proceder con psicoterapia Lacaniana o con hipnosis regresiva colectiva?

¿Cuánta auto-estima hay que reparar para los que votaron a Fraga para Presidente de la Xunta, en treintaicuatro elecciones sucesivas, recuperen la cordura? ¿Cuánta para que lo hagan los que eligieron a José María Aznar como Presidente del Gobierno, a despecho de la abundante evidencia documental, existente y probada, de que se trataba de José María Aznar? Si es que esta gente debe tener el coeficiente intelectual de gambas hervidas y su estrategia para cultivarse ha de estar reducida a mirar la tele todas las tardes. Cualquier discapacitado mental sabe que mirando le tele se obtiene menos información de la que se ganaría mirando atentamente la puerta del horno. Y no hablemos de los nacionalistas; que éstos no cesarán en sus necedades aislacionistas y xenófobas, por mucho tratamiento reconstructivo que se les prodigue a la psique, hasta que cada voto no aparezca ya en la urna con un tiro en la nuca o manchado con amonal.

Así que no me vengas con el cuento de que mi auto-estima necesita un empujón para poder comunicarme genuinamente con mis congéneres. Yo tengo toda la que requiero, muchas gracias. Y para obtener más y mejores réditos en el área de mis intercambios sexuales, emocionales y espirituales, lo que necesito son mejores anteojos de cerveza. ¿Que qué anteojos son esos? Los que le crecen a uno en la visión tras beberse de un tirón seis botellas de Cruzcampo: maravilloso brebaje donde los hay, que ha permitido la reproducción de tías y tíos feos, como este humilde servidor, desde 1904.

Con mis anteojos de cerveza puedo ajustar los estándares de belleza del sexo opuesto, la apariencia de la felicidad, el contenido de la memoria y hasta el sentido de la vida y el papel de la conciencia. Y si eso no funciona, siempre me queda el comer mierda a fuerza de hablar sin parar sobre cualquier cosa, sin ninguna excusa psicológica de por medio. Así que déjame la auto-estima en paz, que no te ha estafado con ningún chalé en la Costa Blanca, no ha pagado por trajes a medida con facturas fraudulentas ni ha permitido ninguna guerra ilegal y cínica en el medio Oriente y concentrémonos en lo que importa: por ejemplo, el futuro. Que como dijo don Mariano Rajoy Brey hace poco, regocijándose en su altísima confianza en si mismo y su sabiduría preclara: "Todavía no ha llegado, pero está más adelante". ¡Toma castaña, auto-estima!

# MISTERIOS METAMÓRFICOS

Mi padre, que en paz descanse, solía revelarnos con precisión suiza, botella y media en la ruta hacia su cogorza cotidiana, el sujeto de sus luengas meditaciones existenciales. Un día me confesó, repitiéndolo a la salida del bar apenas unas dos millones de veces, que hay dos períodos de la vida en los cuales los hombres no entienden a las mujeres: antes del matrimonio y después de él. Yo nunca compartí sus pareceres, lo que algunos deslenguados atribuyen a que tampoco lo hice con sus genes. Pero en este caso me ha tocado hacer una excepción. A estas alturas de mi vida, reconozco abiertamente que aunque casarse es la vía más expedita para que la felación desaparezca del repertorio de aquellas benditas almas femeninas que en algún momento la han practicado; en lo que corresponde al entendimiento mutuo, ciertamente poco ayuda.

Claro, debo confesarte que, de entrada, con o sin esponsales, para mí las mujeres son como el menú del restaurante de la esquina: poblado de alternativas múltiples, posibilidades sensoriales mágicas y gozos inenarrables, pero escrito con caracteres cantoneses. Es que las entiendo menos que al chino.

Para empezar, todas dicen que lo que más las atrae de un hombre es el sentido del humor. Intuyo que ha de ser que, en Dongguan y en el delta del río Zhu, los ideogramas del dinero y del humor son similares y yo los malinterpreto, porque nunca he visto a ninguna que prefiriese mis chistes a pasear en el Maserati de un tío forrado de pasta.

Peor aun, las mujeres no se ríen con chistes de comadrejas mordiéndole a un borracho los cojones. Ni con historias que involucren mocos, eructos, pedos u otras excrecencias. Tampoco con chistes donde un borracho se vomita, se caga o se mea encima de un tercero. ¡Los cimientos fundacionales del humor las dejan frías! Ha de ser algo hormonal. Sin ir muy lejos, la última tía a la que le hice el amor se cabreó conmigo al contarle un chiste de putas. Eso lo noté en el tono irritado de su voz, cuando me pidió que le pagase antes de marcharse.

Luego está lo de interactuar con los congéneres. El otro día le preguntó Alfredo, mi amigo, a la camarera guapa del bar de la esquina: "Oye, Calola, ¿sabes en qué se parece una gorda a una patineta?" Calola, que ya lo conoce, le puso una cara de fastidio que Alfredo ignoró por completo. ¡Mujeres! Deberían saber que cuando un hombre quiere contar un chiste, lo único que puede detenerlo es que una comadreja le muerda los cojones. Pero, acto seguido, la Calola hizo algo que no puedo explicarme, aunque lo he visto ocurrir centenares de veces ejecutado por tías diferentes: le siguió el juego y le respondió: "No". Tú dime. Si el sentimiento de rechazo reflejado en su cara era legítimo, lo lógico es que se hubiese dado media vuelta y lo hubiese dejado con la palabra en la boca. Me pregunto si el hecho de que Alfredo mida uno ochenta y cinco, tenga ojos azules, hable con voz de locutor y vista como un modelo, tuvo algo que ver con la reacción. A mi juicio, este tipo de conducta prueba definitivamente que hay diferencias fundamentales entre géneros, en el modo interactivo. Si a mí alguien a quien considero idiota intenta engancharme en una conversación, le corto sin miramientos. A menos que sea una tía que está muy buena.

Otra cosa que es diferente entre los sexos es el manejo del lenguaje. En más de una ocasión una mujer me ha dicho: "No" y le he respetado la sugerencia; solo para oírle descerrajar, al cabo de unos días, algún comentario del tono de: "Pues mucho no lo querías porque no insististe. De haber perseverado, te hubiese dicho que sí". La misma fulana, después de tal episodio, en idéntica situación, cuando le he insistido, me ha dicho: "Pero ¿qué parte de la palabra 'no' es la que no entiendes?" Así que, obviamente, un "no" de una mujer puede significar "sí", "solo si insistes", "tal vez", "¿tú estás loco?" o cualquier cosa, dependiendo del momento, la fase lunar, el principio de Heisenberg, la salud del gato de Schrödinger o la reencarnación de Tenzin Gyatso.

Lo mismo ocurre cuando te dicen cosas como: "Pues haz lo que quieras". Amarga experiencia me ha enseñado que el verdadero significado en este caso es: "Más te vale que no, porque si lo haces, bien caro lo pagarás". O cuando articulan frases como: "Lo que necesitamos..." o "¿no te parece...?" Tras mucho estudiarlo he descubierto que, en realidad, lo que quieren decir es: "Lo que yo quiero que hagas...". ¿Quieres más ejemplos? Si te largan un: "Tengo frío", lo más probable es que te están diciendo: "¿Por qué no me abrazas?" Y un: "Tengo tanto sueño", traduce: "Esta noche, como no te masturbes, te quedas en blanco".

Los hombres somos muchísimo más primarios y decodificar nuestro lenguaje solo requiere aplicar reglas directas. Cuando decimos cosas como:

A) Tengo hambre.
B) Tengo sueño.
C) Estoy cansado.

Lo que queremos decir es:
A) Tengo hambre.
B) Tengo sueño.
C) Estoy cansado.

Y si decimos:
D) Estoy aburrido.
E) ¿Te puedo llamar?
F) ¿Te apetece ir a cenar?

Lo que queremos decir es:
D) ¿Quieres follar conmigo?
E) ¿Quieres follar conmigo?
F) ¿Quieres follar conmigo?

Cualquier comentario no cubierto explícitamente por las opciones A, B y C se asume que corresponde al grupo siguiente.

Pero no solo es el lenguaje ni el trato con terceros. Las mujeres también tienen una manera diferente de afrontar las situaciones cotidianas. Nunca directa y al grano o confrontacional, sino tangencial y hecha de aproximaciones superpuestas. Considera, por ejemplo, la manía de regatear. Los hombres vemos algo, lo cogemos y lo pagamos al precio marcado en la etiqueta. Las mujeres miran, preguntan, cogen, remiran, dejan, vuelven a mirar, cogen una segunda vez y piden rebaja, para acabar no comprando nada. ¿Nunca has oído diálogos como éste?:

–Son dos euros, señorita.

–Eso es mucho.

–¿Cómo?

–Que es muy caro, le digo. Le ofrezco un euro.

–Señorita, esto es el metro. Si quiere un boleto sencillo hasta el aeropuerto, la tarifa son dos euros.

–Le doy uno cincuenta y ni un céntimo más.

–Pero usted no entiende: todo el mundo tiene que pagar lo mismo.

–Eso le dirá a todas. Oiga, yo entiendo que tenéis que sacar algún beneficio pero, con estos paisajes tan feos y tan mal iluminados a lo largo de la vía, más de un euro con cincuenta es un robo a mano armada.

–Pues si no va usted a pagar, por favor deje pasar a otros.

–¿Qué se ha creído? ¿Que no conozco esos trucos? Venga, dejémoslo en un euro con setenticinco y tiene una venta segura. Es mi última oferta.

–No me deja usted más remedio que llamar a la Policía.

–A ver, ¿qué es lo que pasa aquí?

–La ciudadana esta que no quiere pagar el precio del boleto.

–Señorita, por favor, que tiene usted que pagar como todo el mundo.

–Ya, señor agente, si yo eso lo sé y no me niego a pagar. Es que el colector no quiere darme un descuento. Yo, donde quiera que voy de compras, lo pido. ¿O acaso su novia no regatea? Es lo normal.

–Eso será normal en su pueblo. Aquí, o bien paga, o le pego una multa de doscientos euros por desorden en la vía pública.

–Le doy cien. Más de cien euros, ni un céntimo. Lo toma o lo deja.

¿Tú no conoces a tías así? Pues te voy a presentar a alguna de mis primas. Alguna es tan persistente que ha hecho llorar a una cebolla.

Finalmente, en este tema de complicarme la comprensión, está lo del uso del espacio y los objetos que lo habitan. Para las mujeres éstos sufren cambios dramáticos según se pasa del "antes de", al "después de". Me explico: el primer día que amaneces en el apartamento de una tía que recién te has ligado, todo existe y se puede usar. Cuando posteriores visitas se han trocado en rutina, la realidad física sufre una transformación y todo deviene en entelequia. Tanto peor si te casas con la implicada. Es que nada de lo que ves en donde ella habita es para uso de los mortales, sino para ofrecer un reflejo de lo que es la perfección. Las otras mujeres lo saben desde la cuna. Los hombres es que no nos enteramos. ¿Las toallas? Son de adorno y para crear ambiente. ¡Ay de ti como las uses! Se acaba el encanto, garantizado. Si te has lavado las manos y quieres secarte, aunque tengas una de buen ver frente a la nariz, pide, y ya te dará ella otra con manchas viejas de tinte de pelo; y si no, mejor te va a ir si usas temporalmente tus propios calzoncillos para la tarea; eso sí, asegúrate que usas la parte externa. El jabón en el lavabo solo es para efectos ópticos y de perfumería. ¿No ves que es de glicerina con esencia de vainilla y todavía tiene el celofán con la etiqueta de venta? Ni se te ocurra meterte a la ducha con tal portento. Espera a que te dé ella una barra de alguno corrientito o, en caso de apuro, mira en la jabonera de la bañera a ver si hay restos de sosa cáustica, ráspalos con las uñas y úntatelos generosamente en los sobacos y otras partes odoríficas. A las sábanas de algodón egipcio de cuatrocientas hebras por pulgada cuadrada diles adiós. Afortunado eres de haberte enterado de su existencia, esas noches primerizas. Sépase que son exclusivamente para las ocasiones. El resto del tiempo, percal. ¿Caminar por sobre el granito del piso? Solo si te pones los patines de trapo. Es que pisar directamente sobre la cera se deja para las visitas.

Yo he oído de mujeres que han comprado un segundo piso en el cual coexistir con los trastos viejos, incluyendo al marido, para dejar el piso primerizo, lleno de cosas caras, buenas y nuevas, para exhibirlo a las amistades. En fin, te digo: Platón describió muy bien tales metamorfosis y distorsiones cavernarias en su República; pero ya se sabe que los griegos son medio pederastas y probablemente adaptó el relato al gusto de la audiencia, por temor a las infusiones vegetales bebidas a la fuerza. Te aseguro que el discurso originario era sobre las tías.

Claro que el placer sexual, aun si solo existe en forma de promesa, amerita ese y muchos otros sacrificios. Los tíos tenemos muy claras las prioridades. Sobre eso no cabe discusión. Por cierto, estando ambos en la cama, ¿quieres que tu amante continúe dando gemidos por horas, después de correrte dentro de ella? Límpiate el pene con el edredón y la cubierta a juego de los cojines. Y sigue corriendo, pero esta vez por tu vida.

En fin, a lo que iba. Te lo juro: las tías son incomprensibles, pero ya lo dijo Confucio con sabiduría milenaria: "Hombre que guerrea con mujer todo el día, perderá la paz por las noches". Lo que en chino suena más divertido porque los ideogramas de la paz y del coño son uno mismo. Además, bien que me chifla a mí el dim sum y el kung pao y, la mayor parte del tiempo, tampoco me entero de qué está hecho cada bocado o de cuales son sus expectativas. Y con sentido del humor o sin él, la república o reino de las mujeres, como el del soberano en la pérfida Albión, bien que merece un caballo, unos patines y hasta una patineta.

¡Ah! ¡Sí! No acabé de aclarártelo. ¿Que en qué se parece una gorda a una patineta? Pues en que es muy divertido montarse a una, pero si te ven los amigos con ella te da mucha vergüenza... porque las cavernas; platónicas o venéreas; en Cipango, el Peloponeso o en Catay; son las cavernas; y la realidad que las rodea es la realidad.

# LOS ERRORES SON COMO ANITA

Pensando en lo que me dijiste el otro día sobre los errores y las falsedades, arribé a una reflexión inesperada: el problema no es que los políticos mientan, que lo hacen y con frecuencia subatómica; el problema reside en que se crean sus propias mentiras.

Mira, por ejemplo, la más reciente resolución promovida por el Partido Popular en el congreso: que el presidente Rodríguez Zapatero sea declarado responsable directo del bombardeo en Pearl Harbor, el asesinato del archiduque Ferdinando en Sarajevo, la revolución francesa y el pecado original. Lo terrible aquí no es el hecho de sustentar una mentira de tal calibre, evidente para cualquier peatón, vertebrado o no, como lo prueba de forma fehaciente la actitud del Partido Nacionalista Vasco y la de Convergencia y Unión, al negarse ambos a apoyar la propuesta, sobre la base de que adjudicarle a Don José Luís lo de Sarajevo es demasiado. Lo dramático del asunto es que el PP está convencido de que defiende la verdad.

Alguna gente de izquierda probablemente discrepe de esto que afirmo, argumentando que una agrupación política que gana las elecciones apretadamente en muchos pueblos, gracias a tener tantos votantes inscritos en las lozas del cementerio como en el registro de electores, tiene que estar corrompida por la maldad y la hipocresía hasta el tuétano; y que tiene que saberlo. Yo no lo creo. Entre otras razones porque, como Huxley, opino que la gran mayoría de los fingimientos humanos no son conscientes.

No hay más que mirar el programa del partido para entenderlo. La plataforma de principios, de cara a las elecciones europeas, afirmaba, sin equívocos, que el PP está a favor de los latidos del corazón y la respiración como derechos ciudadanos para todos[1]. Más aun, reclamando el centro ideológico para sí, el partido de Don Mariano Rajoy Brey ha declarado públicamente que no será más el feudo de la gente dueña de yates y aviones privados. De ahora en adelante también admitirá a los que viajan en coche de marca Rolls Royce, Porsche y Bentley. Y diariamente se oyen profusos elogios para Ruiz Gallardón, quien es solo uno de los múltiples moderados que existen dentro la cúpula dirigente de la formación, del mismo modo que Mick Jagger es solo uno de los múltiples cantantes que han tenido los Rolling Stones.

Lo dicho: nada de lo anterior habla sobre mentiras fabricadas con agavillamiento, nocturnidad, premeditación y alevosía. Si así fuese, los peperos operarían como la mafia, los perros de la guerra y los traficantes de droga. Lo cual, obviamente, no es el caso, como atestigua el montón de propaganda partidista que echan regularmente el Ayuntamiento y el gobierno autonómico de Madrid por la radio y por la tele. Los jerarcas del PP actúan de forma pública y notoria, convencidos de su honestidad y rectitud. Recientemente, sin ir muy lejos, han reafirmado su apoyo irrestricto a una prensa libre, incisiva y que cuestione en

[1] Lo que ocurre cuando estos cesan es harina de otro costal.

profundidad a los políticos, proponiendo contratar, en el evento de ganar las elecciones generales, a una firma norteamericana para que, usando las últimas tecnologías digitales y termo-nucleares, bombardee hasta vaporizar la SER. ¿Alguien puede imaginar a los sucesores de Laureano Oubiña compitiendo en una convención nacional para escoger a su próximo líder y la ría donde tendrán lugar las próximas narco-transacciones? Claro que no. Lo mismo ocurre con Don Corleone y Karl Rove. Estos tíos son los malos de la película, sea ésta un western, un drama o una comedia romántica y mienten a sabiendas, continuamente y desde la obscuridad. Los peperos se saben gente de bien. Esa es la verdadera tragedia.

El fenómeno que permite la coexistencia de tales contradicciones es ampliamente conocido por todos los psicólogos clínicos y se llama disonancia cognoscitiva. Y, para ser justos, hay que reconocer que afecta a peperos, pesoeros, iueros, peneuveros, ceiueros, erreceros y al público en general. Mira por donde, comunismo de la psique para todo el espectro político.

El modo como opera es muy sencillo. Los humanos trazamos nuestros linderos morales alrededor de la persona que creemos ser: honorable, recta, de sólidos valores y buena conducta por antonomasia. Y cada paso que damos, decisión que tomamos y acción que acometemos en la vida, la empujamos, a punta de justificaciones, hasta que cabe dentro del jardín de las expectativas de este individuo lleno de principios que nos muestra el espejo. Si alguna conducta, estimulada por la conveniencia o la pereza moral, es incompatible con la imagen que tenemos de nosotros mismos, simplemente la ajustamos mentalmente hasta que concuerda.

Por ejemplo, hacer trampas con los impuestos. No pagar lo que se debe es estafar y quien lo hace no puede reclamar ser considerado una persona de bien. Pero si el que estafa somos nosotros y el defraudado es el gobierno, pues la cosa cambia. Primero, es bien sabido que nosotros nunca haríamos nada verdaderamente deshonesto. Segundo, la suma en cuestión es minúscula en comparación con los presupuestos del estado. Tercero, los porcentajes fiscales son ridículos y excesivos y nadie los consultó con nosotros. Cuarto, todos los particulares lo hacen y no todo el mundo puede ser malo. Y, finalmente, el gobierno despilfarrará el dinero de todos modos y mejor quedárnoslo. Suena razonable, ¿no? Excepto que no lo es. Estafar es estafar y quien estafa no es un buen ciudadano. El empleado que ha dejado de pagar cien euros en impuestos no puede condenar al empresario que ha dejado de pagar cien millones. Ni el diccionario ni el código penal definen la estafa de forma diferente, dependiendo de si se trata de diferentes sumas. De modo similar, engañar, robar, causar sufrimiento, herir y matar son como el embarazo: no se puede estar un poquillo preñada. El evitar tales conductas suele tener una dimensión ética, sin mucho espacio para las medias tintas. Y todo eso bien que lo sabemos.

Pero en nuestra percepción, los linderos morales tienen la última palabra. Y como, ante todo y por encima de todo, los moldes de lo que reconocemos como nuestra personalidad nos reiteran que somos rectos, honorables y buena gente; decidimos que es obvio que trampear la declaración de impuestos no puede implicar nada negativo. Dicho de otro modo, ante la contradicción de que alguien se considere correcto siendo capaz de obrar acciones incorrectas, optamos por afirmar que la acción contradictoria, después de todo, no puede ser mala. Lo que nos deja seguir siendo todo lo buenos que siempre hemos sabido que somos y dormir a pierna suelta con la conciencia tranquila.

A punta de auto-justificarnos para corregir la disonancia, acabamos aceptando que lo blanco es negro, las mentiras son verdades y el Sol se pone por el Oriente. Y que el que no lo quiere ver es porque es un histérico extremista, un fanático moralista y no entiende que el mundo está lleno de matices. De matices y de excusas. Pregúntale a Francisco Camps.

Una cosa que definitivamente tampoco ayuda es que el camino de la auto-justificación está hecho con concreto ideológico. Mientras más tiempo pasa sin admitir nuestros errores y deficiencias personales; más trabajo nos cuesta resolver satisfactoriamente nuestras contradicciones; más se solidifica la argamasa de las creencias incorrectas y más pierde flexibilidad nuestro criterio. Con el pasar del tiempo la memoria re-dibuja los hechos, los acomoda y nos ayuda a creernos nuestras propias tergiversaciones y mentiras. Eso hace que nos reiteremos y nos explayemos en las distorsiones. Si en alguna ocasión entretuvimos la duda de la moralidad de nuestras acciones, el conflicto que la disonancia cognoscitiva nos provoca hace que la enterremos; fabricando falsedades que nos creemos a pies juntillas, si es necesario, para nuestra tranquilidad espiritual. Al final del día, el que no trampea los impuestos es un idiota y una mala persona que está contribuyendo con un gobierno insensible que obedece al capitalismo rapaz, a nivel mundial.

Más ejemplos pides. ¿Recuerdas la foto de George Bush y José María Aznar, en el rancho del primero en Texas, portando atuendos propios de vaqueros curtidos, aunque la interacción de esos dos con las vacas ha sido mayormente en forma de churrasco con patatas fritas? La conducta de ambos personajes, cuando se trata de lidiar con la guerra de Irak o con el terrorismo de ETA, es la expresión viviente de disonancia cognoscitiva más pronunciada que yo haya visto en mi prostituta vida.

Bush, quien si fuese un poquitín más espeso sería un árbol, completó una travesía justificatoria digna de Marco Polo: comenzando con las armas de destrucción masiva que nunca se le encontraron a Saddam Hussein, pasando por los supuestos nexos entre éste y Al Qaeda, seguido por la convicción de que los iraquíes recibirían a los americanos con flores y culminando con el sueño desquiciado de que Irak ha merecido desde el principio ser la primera democracia verdadera "made in USA" del medio Oriente. Tras más de cuatro mil bajas militares, una cantidad de iraquíes muertos que algunos dicen llega hasta las seis cifras (aunque ya se sabe que los cadáveres tercermundistas cuentan mucho menos que los del primer mundo, si no que lo digan los McCann), miles de millones de dólares votados a la basura, una economía que se tambalea y un final que no se puede predecir; el hombre sigue erre que erre, sosteniendo que sus decisiones fueron todas correctas. Y, ¿sabes qué? Yo creo que se lo cree. Así como ha dejado la presidencia creyendo que, creándose enemigos por todos lados y destruyendo las libertades civiles, estaba protegiendo a su país.

Aznar, quien en su más reciente valoración de si mismo no acepta superlativos porque ya con anterioridad los ha monopolizado todos, habiendo sido excelso Presidente del Gobierno, destacadísimo miembro del congreso, ilustre ganador del torneo Grand Masters en Augusta, insuperable baterista de los Beatles y vocero directo de Dios en la Tierra y de Rupert Murdoch, su profeta; se auto-califica como un hombre de principios y de convicciones inamovibles porque solo consulta consigo mismo. No sabes el terror que eso me produce. Alguien que responde de sus acciones a terceros puede corregir sus errores. Uno que responde solo a sí mismo, únicamente lo hará impulsado por la esquizofrenia.

Esta certeza absoluta de coherencia y rectitud inquebrantable que nadie más, sino él, posee, de la mano de la disonancia cognoscitiva, es lo que ha hecho que llamar a ETA "movimiento de liberación de Euskadi", acercar los presos o reducirles las sentencias por haber jugado al parchís sin hacer trampas, sean muestras de firmeza y de cojones bien plantados, siempre y cuando se hagan personalmente; y que el atrevimiento de iniciar un diálogo para acabar con el terrorismo sea una traición a la patria, cuando lo intentan otros. Bajo la lente de esta distorsión psicológica, perseguir, capturar y encarcelar a los terroristas, si lo hace un adversario, solo puede explicarse por la connivencia entre unos y otros y por la existencia de razones inconfesables. A fin de cuentas, los buenos estamos todos claramente del lado de donde vuelan las gaviotas. Lo sé porque me lo dice la conciencia. El resto solo puede ser una sarta de demonios y asaltantes de camino.

Al final del día, un par de cosas he sacado en claro de

tanta reflexión socio-psicológica como me generó tu comentario y creo que aplican tanto a los políticos como a los que no lo somos: me parece que es preferible no estar completamente seguro de que se es recto y virtuoso y siempre se tiene la razón, porque eso permite que las acciones que acometemos se puedan discutir y cuestionar, sin que la disonancia nos obligue a forzarlas dentro de la camisa de fuerza de la convicción de que son absoluta y necesariamente buenas porque, al fin y al cabo, nosotros mismos somos siempre nobles, dignos, transparentes y rectos de solemnidad.

La otra es que, si me tocase estar en una habitación, armado con una pistola con solo dos balas, en la compañía de Hannibal Lecter, Jack el destripador y Arnaldo Otegi; lo razonable, civilizado, decente y más apropiado para sobrevivir sería descerrajarle dos tiros al Arnaldo. Del grupo, es el único que, teniendo las manos manchadas de sangre, honestamente no se cree un asesino porque la disonancia cognoscitiva le ayuda a verse a si mismo como un patriota sin tacha que solo se rodea con gente que vive a plenitud sus legítimas creencias, aunque éstas le cuesten la vida a otros.

Tras tal hazaña, como soy ante todo un demócrata convencido, solo me quedará afiliarme a la falange o a los GAL. A la disonancia le dejaré el resto.

# LICENCIA PARA POBLAR

Entre los fenómenos inexplicables del universo, el hecho de que se exija una licencia para conducir un coche o un permiso para construir un piso y no se exija ninguna certificación para hacer hijos, debe estar entre los primeros.

¿Que qué calificaciones tengo yo para arrojar mis opiniones sobre el tema? Las mismas que los científicos del MIT y Stanford que estudian el cáncer en ratas. Primeramente, no soy una rata peluda ni sus homólogos evolutivos: un votante de Berlusconi o un "duro" del PP. Segundamente, observo con detenimiento y hago apuntes diarios sobre los hijos que se ven con frecuencia en la calle, especialmente si son del género femenino, tienen buenas piernas y un culo firme, sean o no potenciales víctimas del cáncer. Y, terceramente, conservo un par de batas de laboratorio de los días en los que tomé un curso básico de bio-ingeniería en Columbia University, tratando de impresionar a una gabacha llamada Chlöe que estaba de post-doctorado, que tienen un linaje similar al traje azul de Mónica Lewinsky y que suelo vestir durante las horas laborables en las que me ataca la melancolía del verme envejecer.

Con tales impecables credenciales, sumadas a las incontables reflexiones que prodigo al tema de la manufactura de seres humanos cada vez que, ante la luz roja de un semáforo, miro al coche vecino, conteniendo uno o más críos, y veo desgañitarse a un energúmeno, abusando de su poder, ante la impotencia del conductor que se olvidó en casa la Magnum 357 para apaciguarlo a tiros y opta por darle un chupete para que se calle; tendrás que reconocer mi autoridad indiscutible en la materia.

¡No! No me vengas con la historia de las licencias de matrimonio. ¡Esas tienen tanto que ver con lo de hacer hijos como la flauta del burro con la música polifónica! Especialmente en estos tiempos, con las opciones que el gobierno ha abierto a los homosexuales y transexuales, sin olvidar a los maricones y las tortilleras. Además, el derecho a matrimoniarse con un ser humano del género que sea, y aun con una cabra, un espárrago o Esperanza Aguirre, es algo que a mi me parece muy bien. A cada obseso, su desquicio; siempre y cuando sean ambos mayores de edad y en posesión de sus sentidos... o sus balidos. ¿Qué puede haber de malo en ello? Pero ése, ya te digo, es otro tema.

Yo a lo que me refiero es al proceso de ensamblaje que acaba con la expulsión de un crío recién confeccionado, más o menos cubierto de sangre y mierda, a la superficie de un mundo lleno de los mismos elementos. ¿Cómo es posible que entrados en el sigo XXI, en pleno apogeo de la edad de la información, la conciencia ecológica, el imperio de Toyota, Six Sigma y "Just in time", se pueda acometer tal tarea sin regulaciones internacionales, europeas o autonómicas, sobre los conocimientos y calificaciones requeridas para controlar la calidad del producto a lo largo de su ciclo vital? Nada. Cero. Conjunto vacío. Cualquier ciudadano medio despistado puede prestar sus células generativas, que se dividen en dos como si se tratase de grupos mayoritarios irreconciliables pero necesarios para acometer trabajos de envergadura: PSOE y PP, ¡no!, que digo, espermatozoides y óvulos; para legislar un crío.

No hay que rellenar formularios, ni firmar impresos, ni pagar apostillas. No hay que acreditar el cumplimiento de requisitos u obligaciones. No hay que presentar documentos, permisos o licencias. Solo basta con una apertura de piernas, unos frotes compulsivos, un mínimo intercambio de fluídos, alcalinidad adecuada y un boleto premiado en la lotería reproductiva. Todos a por libre, como si fuésemos gitanos invadiendo Italia para leerle la fortuna a una vida nueva, pero no en la palma de la mano sino en los pliegues interiores de las vergüenzas. Franco Finni dixit. O lo ha pensado.

Esta anarquía generativa a mi me parece un pecado imperdonable y un error social morrocotudo que todos acabamos pagando. Quedarse preñado es un evento de proporciones mayúsculas, especialmente para las mujeres, que al cabo de unos meses tendrán que abandonar los vestiditos veraniegos para cubrirse las estrías en el vientre, las hemorroides y las várices desatadas, con toldos y cubiertas de lavadora automática; y que, sin las debidas regulaciones y procesos administrativos, al cabo de cierto tiempo condena a la sociedad a acoger en su seno a una multitud de criminales de guerra en miniatura, malcriados, ruines, egoístas, disfuncionales, mocosos, incontinentes, diarreicos, sabios en babas, ruidosos, lloriqueantes, febriles, sudorosos, expertos en pataletas, manipuladores, respondones, impertinentes, mugrientos y tiránicos y que, para mayor desgracia y envilecimiento de la Tierra, al cabo de unos años acabarán de miembros de Esquerra Republicana o de las peñas del Atlético. Porque los jodidos chiquillos vienen sin manual de instrucciones y a los padres no se les exige preparación ni pericia alguna y, además de legar su ignorancia, sus mentiras y leyendas ancestrales, su intolerancia, sus prejuicios y su mediocridad, acabarán cociendo tal guiso a punta de torpezas y errores.

Yo, la única salida que le veo a esto es que el gobierno amplíe el temario de los cursos de Educación para la Ciudadanía para incluir lecciones de parentología obligatoria. Y, para hacerle la tarea sencilla al Ministro de Educación que es un tío muy simpático y que bien podría darme un empleo, me permito sugerir la metodología: que se le asigne a cada estudiante púber un prospecto de hijo, en la forma de un fardo de masa de pan de al menos tres kilogramos de peso, adicionado con un Tamagotchi programado en el japonés del original y un Táser apuntando a los genitales del candidato(a) a propagar la especie. El fardo tendrá que estar permanentemente en brazos de cada "progenitor(a)" por la duración del año escolar y las demandas del Tamagotchi habrán de ser atendidas de inmediato, so pena de recibir ipso facto una descarga de diez kilovoltios en las regiones sospechosas de incurrir en delitos futuros. Si la familia esgrime razones médicas o religiosas para eximir a algún estudiante de su exposición a tales metodologías modernas, la alternativa podría ser el esculpir ciertas normas de responsabilidad y convivencia ciudadana con rayos láser en las meninges del estudiante.

En cualquier caso, el gobierno debe empezar a exigir

un aprobado antes de que a los jóvenes les dé por ponerse a hacer ciudadanos. Y a los que al final del término académico fallen el examen del tema, que les corten los cojones o les liguen las trompas del Falopio ese tan mentado, in-situ, sin anestesia, recurso ni apelación.

Claro, ya veo yo a doña Esperanza y a los otros capitostes autonómicos de la derecha, negándose a acatar tan necesarias intervenciones en la educación a ser impartida en su Comunidad, espoleados por los ayatolás del arzobispado. A fin de cuentas, este es el tipo de audiencia que ellos ambicionan: masas criadas al buen tuntún, bajo la supervisión de la Iglesia Católica y de la televisión, desinformadas, acríticas, intolerantes, irreflexivas, crédulas y obedientes del poder.

Afortunadamente, estamos en la Unión Europea y tal inconveniente puede sortearse con facilidad, mandando a los afectados a la república Checa. Allí si que no va a haber ningún impedimento porque los tíos esos, en el tema de curar el cáncer quien sabe, pero en materia de ratas peludas[2] y castraciones si que están a la altura de las expectativas.

[2] ¿Ejemplos? Mirek Topolanek y sus excursiones a Villa Certosa.

# ALMIRANTES DE LA MAR INTERIOR

"Si alguna vez te pierdes en una autovía en España, lo mejor que puedes hacer es seguir recto hasta que veas el mar. Ya, ya. Bien sé que esto es una península y tiene mar por casi todos lados. Pero déjame terminar. Como no estamos en Rusia, tal maniobra, en el peor de los casos, no implica sino unas pocas horas al volante.

Al llegar a la playa, como te he dicho, te fijas en un mínimo de detalles y en seguida podrás deducir tu paradero: si las tías tienen los sobacos y las patas peludas, estás en Portugal... o Galicia, que más o menos es lo mismo. Si el agua está muy fría, estás en el País Vasco o en Cantabria. Dale un vistazo a los carteles viales: si están escritos en una jerigonza incomprensible, pide un bacalao al Pil Pil o unas angulas en el primer bar que encuentres y bájalos con un txacoli. Si el agua está tibia, obviamente has llegado a Cataluña o Andalucía. ¿Que cómo distingues a la una de la otra? Pues pones música en la radio y si la gente a tu alrededor no se arranca con un despliegue de convulsiones y gemidos desgarradores, sino que baila cogida de las manos, estás en Cataluña. ¿Que qué pasa con Valencia? Nada ¿Quién coño quiere ir a un sitio donde el PP gana las elecciones todo el tiempo? Mejor seguir perdido".

Éstas y otras reglas para trotamundos las vengo preparando desde el momento en que regresé al terruño. Es que me he dado cuenta de que el estigma asociado a viajar, fruto de los muchos años en los que las exportaciones patrias a todas las latitudes del universo consistían mayormente de malvivientes, analfabetas, prófugos, ovejas negras, labriegos, rústicos, campesinos, temporeros, gañanes, descastados, braceros, conserjes, obreros, jornaleros, peones, gentes medio muertas de hambre y rojos en todas sus versiones; ha entrado a formar parte de esas memorias extraviadas del pasado. Gracias a la opulencia paneuropea, los españoles hemos cerrado el círculo que trazó por error, en su momento, el Almirante de la Mar Océano y nos hemos revalidado como turistas. Ya no como Quesada y los 166 posesos que subyugaron a los Chibchas o Pizarro y los captores de Atahualpa. Ni siquiera como Álvar Núñez, entre desiertos y Océanos. Sino como buscadores contemporáneos de todo lo que nos es profundamente consustancial e irreconocible por estar tan cerca de nuestras narices. Claro, también están los esnobs.

¡Ah! ¡Viajar! Este es un tema que domino más allá del simple hecho de tener una opinión, como atestigua la acumulación de distancias que registra mi odómetro personal. Y apelando a tal experiencia es que me atrevo a revelarte la verdad primigenia presente en toda peregrinación que no ha sido obligada por las circunstancias: viajamos en pos de la promesa de felicidad y la vehemencia con la que afrontamos la travesía es directamente proporcional al tesón con la que la satisfacción nos ha sido esquiva.

No hay viajero más entusiasta que aquel cuya vida cotidiana está llena de desencantos y frustraciones ni individuo más reacio a la aventura que quien está a gusto con su mediocridad. Lo irónico de todo esto es que, cuanto más altas las expectativas, más definido está el resultado: la realidad de cada viaje asumido como mítico no puede ser otra cosa que la materialización de una o múltiples decepciones.

¿Cuántas veces no hemos preparado itinerarios deliciosos a cálidas latitudes sub-ecuatoriales para caer presa de nuestras propias fantasías? El imperio seductor del verano perpetuo nos convierte al color de langosta al vapor y nos seduce hasta la insolación; la riqueza inmensa de la flora y la fauna nos expone a zancudos de tal calibre que ofrecen servicio de bebidas en cada vuelo, incluyendo a una azafata para repartirlas, y nos dejan de recuerdo ronchas pustulentas del tamaño de Uganda; la maravilla prestidigitadora de los naturales de tales tierras nos aligera la carga haciendo desaparecer mágicamente nuestro equipaje y la cartera; y la gala de texturas multisápidas de la comida nos conduce delicadamente hasta la disentería. Y todo, ¿para qué? ¿Para confirmarnos la grandeza de la naturaleza que nos envuelve continuamente, sin discriminación de geografía, y destacar la pequeñez y miseria permanente de nuestras obsesiones?

¿Cuántas veces no hemos visionado exóticos paraísos allende los mares, en los que albergar personajes paradigmáticos en nuestras vidas, actuando sueños en escenarios tan alejados de la razón como lo son cercanos a nuestro corazón, para darnos un tortazo con la realidad? Nos zambullimos en un océano de romances intensos, encuentros sutiles, emociones y pasiones tórridas desbordadas en parajes de belleza sobrecogedora en los que, sin transición, a las diosas de hermosura sin par, recién descubiertas, la halitosis les marchita los besos, la intolerancia a la lactosa las transforma en pulverizadoras de metano ambulantes y encima descubrimos que requieren reposar las asentaderas sobre los calcañales para limpiarse el culo en el retrete, con cada deposición. Y, ¿para qué? ¿Para revalidar la noción de que son nuestros estados anímicos y no los paisajes los que condicionan y permiten el apreciar verdaderamente lo que nos rodea?

Fíjate, por ejemplo, en esta viñeta personal: en mi último viaje al África, me ofreció mi guía, Kfume, tras el desembolso de una cuantiosa suma de dinero, la oportunidad única de practicar la ruleta rusa en Lubumbashi. Demás está decirte que ésta es una actividad que me obsesiona desde que *El Cazador de Ciervos* de Cimino se ganó el Óscar. Espoleado por la perspectiva del riesgo último, viajamos en medio de la sabana africana por casi dos horas, siguiendo una trocha que golpea la suspensión del coche todo-terreno menos de lo que tortura los riñones. Al final de kilómetros de matorrales y malezas de color amarillento y un calor pegajoso que empapa las ropas desde el primer minuto, llegamos a una aldea con menos de cinco chozas, sembradas por entre un puñado de árboles que me recordaron los olivos de mi infancia... O robles... O alcornoques. El caso es que tenían pocas hojas. En el medio del villorrio, hay dos círculos concéntricos formados por el mismo número de nativos completamente desnudos: el exterior, al que me incorporo tras enorme insistencia de Kfume, quien me apura diciendo que la experiencia dura muy poco y que no puedo perder tiempo, tiene hombres de pié; el interior, mujeres de rodillas. El jefe del pueblo apunta un revólver al cielo y dispara. Con cada tiro el círculo de hombres gira al unísono, lo suficiente a la izquierda, para que cada individuo enfrente a una mujer diferente. Las mujeres abren la boca y los hombres le introducimos en ella el pene. Tras dos o tres tiros y, a pesar de lo medianamente placentero de la experiencia, profundamente decepcionado por lo que me parece una mala pérdida de tiempo y dinero, le grito a Kfume: "Oye, pero ¡aquí no hay ningún riesgo!" A lo que éste me replica: "Bwana, es que, con las prisas, no te lo pude decir antes: una de las mujeres es caníbal".

En mi opinión, hay contenidas en esta anécdota unas pocas pero muy provechosas lecciones: siendo el entorno lo suficientemente extravagante para recibir la aprobación de Flaubert; suficientemente alejado de todo lo citadino para recibir la de Wordsworth; suficientemente sobrecogedor para recibir la de Burke; falló inicialmente en recibir la que más cuenta. La mía. A fin de cuentas, era mi viaje, mi anhelo de jugar al suicida y todos esos tíos decimonónicos ya están muertos. Pero entiendo que competir con la felicidad made-in-Hollywood es una tarea titánica. Y la satisfacción forzada rápidamente se troca en desilusión. El rescate emocional de mi viaje apareció, en el último minuto, de mano de una inesperada experiencia gastronómica. Donde el almuerzo pudo haber sido servidor, o alguna de mis partes.

Puedo citarte otra parábola: mi amigo Alfredo se fue recientemente a Tokio y, tras hacer público su deseo, sus amigos japoneses le obsequiaron una noche con una geisha. Impulsado por el ardor, no perdió tiempo en llevársela a la habitación del hotel y penetrarla en varias ocasiones con redoblada energía; acción que ella elogió, en cada oportunidad, gimiendo a todo volumen: "Ketsu yizaehru, ketsu yizaehru, ketsu yizaehru...". Al día siguiente, agradecido con los benefactores que hicieron posible la consumación de tal sueño y deseoso de mostrar su respeto, al ver a uno de ellos hundir la bola en el primer agujero del campo de golf en el que se dieron cita, mi amigo le gritó en japonés recién memorizado: "Ketsu yizaehru, Kobayashi San". A lo que Toshiro Kobayashi respondió en perfecto castellano: "¿Alfredo, por qué me dices que este es el agujero equivocado?"

Claro, quizás alguno pueda argumentar que mi amigo podría haberse evitado la confusión con unas clases de idioma, antes de proceder al viaje. Pero el desentrañar el misterio del lenguaje le habría despojado de la satisfacción mágica de explorar, de forma inadvertida, ese agujero femenino tan poco accesible, sea encarnado en su versión hispana o del sol naciente, y tan lleno de mágicas posibilidades. De haberse producido un diálogo entre nipón-parlantes, la geisha probablemente le habría hecho entender lo mismo que cualquier chica de Fuencarral: "Por ahí, a mí, ni muerta". Lo que habría disminuido cualitativamente la aventura, al tener que forzar, para hacer posible su disfrute, un hara-kiri. Ajeno, para mayor desgracia.

En fin, créeme. Perseguir la felicidad por periplo interpuesto es la mejor receta para romperse el alma, pues lastramos la búsqueda con expectativas y demandas imposibles. Las verdaderas cotas de satisfacción en cualquier viaje solo se alcanzan cuando no se las contempla. Así que, si no te conduce a ello la obligación, el pujo de estar a la moda o la proverbial envidia celtibérica de que otros accedan a castigos que no puedes tolerar que te sean vedados, haz como Xavier de Maestre: empaca tu equipaje, tus alfombras, tus paraguas, tus medicamentos y tus tics nerviosos y quédate en casa. Con un poco de humildad, tolerancia y curiosidad intelectual puedes encontrar allí todo lo que necesitas para apreciar y disfrutar la maravilla inescrutable de estar vivo.

Encima, si me dejas ya mismo veinticinco euros, en un par de meses te hago llegar mi *Guía para viajeros que no van a ningún lado*. Puedes tener la seguridad de que nada en ella ha de revelarte las miserias y deficiencias de tu vida y, por ende, nunca habrá de tentarte y ponerte en el terrible apuro de tener que salir al camino, voluntariamente, a ver si te tropiezas con la felicidad. Y si, deambulando por tu habitación en mitad de la lectura, te pierdes, ya lo sabes: recto hasta ver el mar.

# EPIFANÍA CORPORATIVA

Sí. A ti no te parece mal porque no te afecta directamente. A la distancia, aun las desgracias parecen tolerables. Especialmente cuando son ajenas. Pero, para mí, la situación se está haciendo inaceptable.

Ponte en mi lugar: más de veinte años de estudios y conquistas académicas, dominio perfecto de dos idiomas y tres quintos y una media docena de monografías en publicaciones de prestigio, para acabar con este contratito de trabajo renovable cada quince milisegundos. ¡Y todo por el jodido tropismo de regresarme a España! ¡Cómo si mi lugar de nacimiento hubiese sido Ziguinchor o 'Ayoûn el 'Atroûs! Cada vez que lo pienso, me arrepiento de no haber cogido el trabajo con el Delaware News Post. Allí, por lo menos, no tendría que estar traduciendo al castellano los artículos de la Associated Media que es lo único que el tarúpido de mi jefe se empeña en asignarme. Que si una banda de ladronas azota los bancos de Sydney, robándolos con las tetas al aire y la policía australiana les sigue la pista, habiendo obtenido retratos hablados de las tetas. Que si a un transeúnte en Kuala Lumpur, al darle dos tiros, un atracador le curó el hipo crónico que sufría desde hacía quince meses; lástima que se murió desangrado. ¡Me tiene hasta los mismísimos! Por momentos me siento como un personaje de Kafka, agobiado por la inanidad de las fuerzas que inexorablemente lo empujan al vacío.

Esta semana, usando mi tiempo libre, terminé un reportaje económico de actualidad y, como de costumbre, tras dárselo a leer, Carlos ni siquiera se dignó explicarme por qué no lo publicaremos. Creo que me trata como si yo fuese transparente. Y la verdad es que mi pieza no desmerecería para nada estando en el Wall Court Journal. Pero sé tú el juez.

«El cierre de la fábrica de Tarfaya es sintomático de los males que aquejan a los Reyes Magos. Ahmad Ibn al-Ayyil, un embalador de 61 años, es uno de los empleados que perderán su puesto de trabajo cuando cesen las operaciones de empaquetado de incienso y mirra en esta localidad. Al-Ayyil espera que el pago de liquidación sea suficiente para comprar cupos para sus quince hijos, en una de las pateras que salen diariamente con rumbo a España. "Siempre pensé que mi trabajo me duraría para siempre", expresó con pesadumbre, al recibir la noticia de su inminente despido, tras 40 años de labor ininterrumpida. "Pero veo que el final es inexorable. Mi jefe ya ni me habla. Especialmente, desde que falleció".

El envejecimiento de trabajadores como al-Ayyil es la menos significativa de las razones por las cuales la situación financiera de los embajadores del Oriente es tan precaria y sus bonos se cotizan en el mercado al más bajo nivel ("bonos-basura"). El consenso de los expertos sobre la causa principal de tal situación apunta al hecho de que la firma se apega a productos viejos y continúa su promoción y manufactura en fábricas anticuadas, como la que están a punto de clausurar en Tarfaya. El continuado crecimiento de Santa Claus, el Padre Invierno y el Viejo Pascuero, rivales que usan métodos de transporte aéreo, reparten una selección mayor de productos un par de semanas antes, en temporada alta, y explotan sutilmente los sentimientos xenófobos y anti-árabes, es otro factor preocupante a mediano y largo plazo. En el corto plazo, el cierre de la fábrica de Tarfaya se traducirá en ahorros cercanos a los 10 millones de Euros al año, lo que representa una humilde mejora del encaje contable de hoy en día.

"Cuando empecé mi trabajo aquí en Al-Maghrib al Aqşá no nos dábamos abasto para la demanda"; declaró desde el porche de su casa Abdelmajid Zidane, de 62 años de edad, empleado desde los 18. "Yo ya era un físico-culturista en esa época, pero al llegar a casa siempre tenía los ojos enrojecidos, la nariz escocida, el cuello adolorido y un cansancio de mil demonios", prosiguió su narración, entre inhalaciones de un narguile de peltre decorado con motivos en lapislázuli. "Trabajaba de pie, cargando las ofrendas y los cojones sudados de los camellos me rozaban el rostro de continuo. La mitad del tiempo se iba en eludir los mordiscos y las coces, la otra mitad en escudriñar el cielo en busca de luceros. Pero, a pesar de la tortícolis crónica, la hinchazón ganglionar rino-faríngea causada por la pestilencia y los cardenales en todo el cuerpo, estaba orgulloso de mi esfuerzo. Además, al final de la jornada, nos dejaban llevar a casa la leche extraída de las bestias. Claro que a mi mujer, que ha sido siempre muy orgullosa, tales caridades no le hacían gracia. Sobre todo porque en el rebaño no habían hembras", confesó con mirada humedecida por la nostalgia.

Desde el punto de visto de los estándares de producción modernos, las tareas de ensamblaje, empacado y transporte que ocurren en Tarfaya son todas arcaicas. Las estaciones de trabajo en mesones de madera, totalmente manuales, hacen la labor más difícil de lo necesario y exacerban el volumen de actividades que no añaden valor agregado al producto. Peor aun es el hecho de que la selección que se ofrece al consumidor no se ha renovado con los años y es muy reducida.

John McCallous, experto norteamericano en reflotar empresas de manufactura en problemas, ofrece su opinión: "Lo primero es olvidarse de la astrología. En lugar de depender de una estrella, que puede aparecer o desaparecer de acuerdo con las condiciones teológico-galácticas, habría que contratar con el servicio geo-posicional ofrecido por el ejército americano, para la ubicación de oportunidades de comercialización a los clientes. Luego hay que renovar el inventario. Eso de competir con i-Pods, teléfonos móviles que toman radiografías y sirven café y zapatillas Mike que iluminan el piso y se atan solas, ofreciendo solo oro, incienso y mirra es una idiotez. Especialmente con la caída de valor de las materias primas a nivel mundial. Para acentuar sus ventajas geográficas, los Reyes Magos probablemente deberían trasladar las competencias corporativas hacia la comercialización del hashish, el kebab y el top manta. En las fábricas deben olvidarse de los escrúpulos geriátricos, deshacerse de los operarios mayores y sin educación informática, trocearlos y envasarlos como comida de gato e instalar robots japoneses. Otro aspecto prioritario debe ser el optimizar las estrategias publicitarias y de mercadeo, descartando eso de las caravanas en pueblos con menos de cien mil usuarios, usando dromedarios y acémilas. Con encartar un DVD que muestre un vídeo evocativo de las Mil y Una Noches, musicalizado por Shakira Mubarak, con cada envío de material, es más que suficiente. Las entregas, subcontratarlas con la United Parcel Spreading. Y, finalmente, modernizar la imagen empresarial. En lugar de dos Reyes caucásicos y un negro, mostrar uno caucásico, uno negro y un asiático: Melchor, Baltasar y Fo Yoh Teh, para penetrar el mercado chino. El logo de empresa, tricolor, incorporaría las letras MBF y la estrella de Belén. Ésta debería ser la única instancia en la que se acentúe tal asociación para no alienar a los consumidores paganos".

Que la gerencia de los Reyes Magos adopte tales medidas u otras similares, en el próximo ejercicio fiscal, es motivo de acaloradas discusiones en los ambientes bursátiles. El resultado financiero es todavía una interrogante. Lo que si es bien sabido es que, al llegar la segunda quincena de enero, Ahmad Ibn al-Ayyil y cientos como él no estarán al pie de sus estaciones de trabajo en la fábrica de Tarfaya. Esto acarreará una multiplicidad de graves consecuencias políticas y sociales y producirá repercusiones aun en áreas como la salud y el bienestar psicológico de los afectados. Como lo sintetizan las amargas palabras de Mohamed Ben Aarafa: "Lo peor del desempleo es que lo altera todo. Hasta la vida sexual. ¿Cómo voy a follar a mi novia, si tiene todo el día al marido en casa?"

Pero en la aldea global dominada por el mercado en que se ha convertido el mundo post-soviético, las realidades económicas están por encima de cualquier otro factor y el bienestar de los trabajadores en factorías anacrónicas, ineficientes y sin adecuado margen de ganancia, ha pasado a formar parte de la leyenda».

# EL MITO DEL VOTANTE RACIONAL

Mi primo Arnaldo se la pasa pipa en el trabajo. No es que la relación esfuerzo-remuneración sea estupenda, como ocurre con cualquier alcalde del reino, involucrado o no en alfareras obras y judiciales maniobras. Me dice que es la variedad. Aclaremos: Arnaldo atiende el teléfono de emergencias en una zona de esa ciudad hostil de cuyo nombre es mejor no hacer mención y que no revelaré que se trata de Madrid.

La otra tarde, sin ir muy lejos, ofreciéndome una muestra como ejemplo de su argumento, me contaba que respondió a una mujer enardecida que pedía a gritos en el 112 la presencia de una patrulla policial. El dialogo transcurrió de la siguiente manera:

–¡Que está un socialista degenerado masturbándose frente al portal del edificio!

–Señora, disculpe, pero ¿cómo es que sabe usted la filiación política de este ciudadano?

–Pero ¿usted es idiota o qué? ¡Si está clarísima! Si fuese del PP en lugar de estar afanado con los tocamientos estaría dándole por el culo a la ciudadanía.

A mí, mi trabajo, aparte de ayudarme a pagar las facturas, satisfacciones muchas no me da. Pero, normalmente, no me quejo. Vivir en democracia tiene detalles que me salvan del suicidio. Por ejemplo, el año pasado, las semanas posteriores a las elecciones generales las disfruté mogollón, leyendo historias de ciencia-ficción en todos los periódicos nacionales. A mí, ya lo sabes, el género me chifla. Y aunque la muerte de Arthur C. Clarke en algún momento me generó alguna preocupación, mayormente sobre la futura oferta de producto literario de calidad, la abundancia de elucubraciones generadas por los analistas políticos en la prensa hispana contribuyó a disiparla. Así que todo ha sido ganancia.

Las narrativas en cuestión variaban en su contexto, definiendo exquisitos escenarios, razones y circunstancias para explicar la multitudinaria migración hacia el PSOE de votos al Congreso y la hemorragia incontenible de aquellos otros millones que optaron por las antípodas. El tono era múltiple. Habiendo autores incoherentes, estrambóticos, cínicos, pensativos, optimistas, satíricos, dubitativos, parcos, pesarosos, repetitivos, sarcásticos, intelectualmente estípticos, verborreicos, lacónicos, pesimistas, sesudos, apocalípticos, profesorales, emotivos, verbalmente incontinentes y alguno hasta reflexivo.

¡Cuántas premisas! Que si los errores tácticos del presidente Zapatero en las prioridades legislativas. Que si la reducción de las tasas previstas para el crecimiento económico. Que si la influencia de la dispersión del mensaje en la economía de voto. Que si la radicalización del discurso terrorista y la pérdida de matices en el diálogo social. Que si la improcedencia de acometer reformas constitucionales. Que si la genialidad del primo y la niña de Rajoy.

¡Ah! ¡Que riqueza mítica, la de la imaginación desbordada! ¡Que visión maravillosa, preñada de volutas multicolores, la del humo de la creación pura! Nada que envidiarle a Asimov,

Úrsula Le Guin o Frank Herbert. Galaxias y constelaciones de ideas, construcciones mentales y teorías de filigrana, hilvanadas y cosidas hasta configurar uno de esos mantos con los que cubrimos la desnudez conceptual de lo que nos han vendido como el mejor producto de la civilización occidental y su hija idolatrada, la democracia: la capacidad de elegir.

Y henos aquí, esperando la ronda de elecciones de la temporada con su nueva marejada de votos, votantes, teorizadores y fabulistas. No puedo contener mi entusiasmo, ni mis expectativas ante lo que flotará hasta la orilla tras la borrasca. Me siento como el astronauta gallego que quería explorar el Sol. "Pero te derretirás, Paco", le decían los amigos. A los que respondía: "Ni que fuese tan bruto para ir de día".

Lástima que las fibras que forman el corte de tela de las decisiones políticas de la sociedad, como las empleadas para el emperador del cuento de Andersen, sean puramente imaginarias y, en consecuencia, su majestad se pasee desnuda. Es que esa criatura de la mitología sociológica, habitante del universo de las entelequias; ese hilo que enhebran y tejen los "expertos" para confeccionar y vendernos su visión del mundo, constituye uno de los mayores mitos que se le ofrecen al peatón desprevenido: la leyenda del votante racional.

Apelando a este concepto, tan atractivo como falaz, se nos quiere hacer creer que los resultados electorales tienen una lógica interna que los exegetas de la política, como augures del templo de Apolo mirando las entrañas de un sacrificio, son capaces de deducir. La masa votante, conformada por millones de unidades de tal criatura, trasladaría en las urnas el resultado de ciertos elaborados silogismos, revelando con los resultados su trazado evolutivo, como si se tratase de una sesión de milonga filosófica: premisa, premisa, premisa y conclusión.

El único problema con tal teoría es que la capacidad de raciocinio y el rigor intelectual del elector promedio frente al discurso y las realidades políticas, no solo en España sino en todo el mundo, están al nivel de una patata hervida… y acarrean peores consecuencias para la salud. A las pruebas me remito: Hugo Chávez, George W. Bush, Silvio Berlusconi. No hay necesidad de añadir palabras. Por ello llegamos a donde llegamos, la mayoría de las veces, con el resultado de las elecciones y la barrera que nos salva del despeñadero, en ciertas ocasiones, tiene menos relación con la lógica y mucha más con el azar.

¡No! No te acepto el argumento de que el problema no es de raciocinio, sino de ignorancia. Insisto. El problema no es que los votantes sean simplemente ignorantes. Si lo fuesen, con solo leer los programas de gobierno y contrastarlos con las cifras objetivas de la economía, las estadísticas del desarrollo y el bienestar social y las ejecutorias personales, el ex-presidente sería hoy Joaquín Almunia y Aznar estaría de sucesor de Boris Karloff en las películas de terror. El PNV tendría los mismos porcentajes electorales que la asistencia del público a la misa del domingo y la izquierda abertzale habría desaparecido del mapa con el advenimiento de la democracia. El problema es el mismo del viajero que anuncia a quien le espera: "He perdido el expreso de las doce y quince. Salgo mañana a la misma hora". Si lo hace, lo volverá a perder.

Un votante meramente ignorante pero lógico, en pleno uso de su capacidad para analizar los hechos a nivel consciente, al ser presentado con la necesidad de tomar una acción que afectará su bienestar y el de la sociedad en la que vive, por un período de tiempo significativo, contrastaría la información disponible en una amplia gama de medios de comunicación; rápidamente vería las contradicciones, falacias y tergiversaciones desgranadas en los alegatos de los políticos, sus acólitos y seguidores y lo que los periodistas y opinadores reflejan en sus crónicas; extrayendo las lecciones apropiadas para reconstruir con una buena probabilidad de certeza, el tejido de la realidad. Acto seguido, tal ciudadano emitiría un voto indiscutible en su calidad ética. ¿Tú conoces a alguien así? Yo tampoco.

Ambos sabemos que lo que ocurre es que la mayoría de los votantes actúan irracionalmente a lo largo y ancho del espectro ideológico y responden antes a las ideas preconcebidas, los prejuicios, los instintos básicos y las ficciones cuidadosamente ensambladas por la disonancia cognoscitiva que a los mensajes incontrastables de lo que nos rodea; especialmente cuando estos últimos impactan asuntos que van más allá de la inmediatez de los dictados glandulares. Tal comportamiento reflejo es lo que explica la inevitabilidad del naufragio de los prisioneros palestinos: queriendo escapar del barco, han cavado un túnel. Encima, como si tales carencias no fuesen suficiente limitación, proliferan en el electorado las gentes intelectualmente perezosas, arrogantes y tristemente primarias.

¿En qué me baso para emitir tal juicio? Me sorprende tal pregunta viniendo de ti, que eres el profesional en estos temas. Pero te contesto igual. Mi análisis es consecuencia directa de aplicar una ley básica de la conducta humana que refleja el mecanismo implacable de la evolución: ante cualquier circunstancia, el *Homo sapiens*, como cualquier otro animal, siempre escoge la conducta que produce el balance más económico entre esfuerzo y resultado. Por eso hay más abogados que vampiros: pueden chupar sangre las 24 horas del día.

Escoger un gobierno es un asunto delicado que, si se piensa bien, requiere conocimientos de cierta envergadura en ramas dispares y complejas como la economía, la diplomacia, la sociología, las ciencias físicas y empresariales, por nombrarte unas pocas. La inversión que se requiere para alcanzar las nociones necesarias para ejercer el voto responsablemente es mayúscula. Ahora bien, ¿qué es lo que pide la ley para votar? Tener cierta edad y estar inscrito en el registro apropiado. ¿A cuantos candidatos a oposiciones has visto tú estudiando, después de haberse ganado el cargo? ¡Exactamente mi argumento! Si te permiten votar, sin importar que metodología usaste para arribar a tu decisión, ¿qué incentivo tienes para hacerlo racionalmente? Otro gallo cantaría si, para poder votar, se tuviese que aprobar un examen de conocimientos cívicos, económicos y sociológicos antes de cada elección. Es que ningún beato machista se casa con una virgen para rezarle todas las noches.

Por otra parte, ¿cuánta influencia tienen tu voto o el mío para afectar el resultado? Con menos de la diezmillonésima facultad para decidir al ganador, no parece que la escogencia particular de un individuo sea muy relevante. Es una cuestión de perspectiva que ya había predicho, con milenaria clarividencia oriental, el bueno de Confucio cuando sentenció: "Un ascensor repleto le huele diferente a un enano". A que el vecino tendría otra actitud si le dijesen: "Todo el país ha decidido que sea tu voto el que escoja al nuevo presidente y sobre ti pesará la responsabilidad de lo que haga. Así que al cabo de cuatro años vendremos a agradecerte o a colgarte de los cojones, si el gobierno no cumple sus promesas y defrauda las expectativas del público".

Suma las dos cosas: una influencia pobrísima en el resultado, que se diluye entre decenas de millones, y un esfuerzo enorme en el coste para generar un voto racional. ¿Cuál es la probabilidad de que este último sea el camino más transitado? Poco importa que muchos digan que es un deber cívico muy importante. De igual forma, preservar la propia vida es un instinto básico amén de un valor primordial y mira lo que hacen los fumadores. Un resultado incierto que requiere un esfuerzo sobrehumano para romper la dependencia termina empujando a los adictos a suicidarse lentamente y a largo plazo.

Por eso me río de los analistas. ¿Qué por qué millones de votantes se decidieron por Rajoy? Pues o bien porque una gran mayoría son fachas de toda la vida, o bien porque les parecen más respetables los tíos con barba, o porque dicen que habla más bonito, o porque tiene mejor presencia en la tele, o porque le han visto al salir de misa, o porque Esperanza Aguirre les parece muy campechana y siempre ha dicho que Zapatero destruirá España y, a fin de cuentas, el

Presidente no les parece macho suficiente para sus gustos, con tanta monserga con lo del matrimonio entre maricones y el ateismo de estado, que son temas donde solo caben tinieblas, penitencias y crujir de dientes. Y si no fue eso, pues las razones fueron el impresionantemente efectivo discurso de ciertos medios martillando con lo de que se rompe España y se la entregan a los terroristas, o las bestias negras de éstas y muchas otras elecciones: los emigrantes, el crimen desbordado, el costo de la vida, el derrumbe de la moral y las buenas costumbres, etcétera, etcétera.

¿Y por qué los votantes se decidieron por Zapatero? Pues, o bien porque la mayoría son de izquierdas de toda la vida, o bien porque les parecen más educados los tíos sin barba, o porque el tono de la voz de don José Luis expresa mayor sinceridad, o porque tiene mejor presencia en la tele, o porque nunca le han visto salir de misa, o porque Esperanza les parece una impresentable y sigue diciendo que Ortega y Gasset eran dos señores muy cultos y, a fin de cuentas, Mariano es gallego y esos no son de fiar; si no, mira como nos iba con Paco Franco. Y si éstas no fueron las razones, pues probablemente lo fueron las restantes bestias negras de éstas y muchas otras elecciones: la economía de mercado, la globalización, la explotación de los proletarios, etcétera, etcétera.

Si esto es algo sabido desde siempre. Ya se lo dijo Adlai Stevenson a la señora que en su día le comentó emocionada: "Gobernador, tiene usted garantizado el voto de toda la gente pensante". A lo que respondió el adalid del partido demócrata: "No es suficiente. Para ganar necesito la mayoría".

El caso es que, si los votantes evaluasen lógicamente el balance global de las políticas avanzadas en las distintas naciones del mundo, se verían forzados a aceptar que las sociedades donde existen mercados verdaderamente competitivos a largo plazo y donde el estado regula, preserva y estimula tal competitividad, son siempre superiores en términos macroeconómicos, microeconómicos y en las estadísticas del bienestar. El llegar a ese punto exige establecer un flujo migratorio sostenido; amplias libertades y derechos civiles y de mercado; diálogo social continuo; regulaciones económicas y sociales juiciosas; preservación del patrimonio colectivo para ésta y las futuras generaciones (incluyendo al ambiente y las infraestructuras); transparencia, cercanía, accesibilidad y responsabilidad de ejecutoria entre el gobierno y los gobernados y la aplicación rigurosa de normas éticas, legislativas y jurídicas en todas las instancias para preservar todo lo anterior.

En tal receta no hay prescripciones ideológicas de izquierda ni de derecha, sino simple sentido común. No lo digo yo, lo dice la evidencia empírica. En consecuencia, partidos y movimientos que enarbolasen tales principios deberían ganar las elecciones continuamente, a menos que los datos comiencen a mostrar la existencia de opciones mejores de las que yo, por ahora, no he visto evidencia de ninguna.

Pero no. La mayoría de los votos sigue a los impulsos de las porciones reptilianas del cerebro y el poco raciocinio que se emplea en depositarlos, se usa para justificar y darle una pátina de racionalidad a tales impulsos. Así, ganan las elecciones quienes capitalizan las percepciones e histerias colectivas, las modulan de forma efectiva, las enmarcan en una narrativa atractiva para las masas o las programan a voluntad. De eso saben un montón tíos como Hugo Chávez, Vladimir Putin, Rupert Murdoch, Karl Rove y Berlusconi y, en consecuencia, para influir en la dirección de las sociedades, han manipulado y continúan haciéndolo, comprando o usando a su antojo instituciones, gobiernos, medios de comunicación y otros instrumentos para lavar cerebros y armar la escenografía de realidades alternas.

El mismo mecanismo irracional es el que hace posible que cualquier vecina del barrio dictamine sin titubeos que es de recibo que un onanista exhibiendo sus vergüenzas al aire libre sea miembro del PSOE porque, en España, las gentes de izquierda son un montón de pecadores irredentos y la derecha que tenemos solo sabe darle por el culo a los ciudadanos. A fin de cuentas, las generalizaciones son cuchillos con los que troceamos la tarta de la existencia para poder masticarla y digerirla y, como apuntó David Hume muchos años atrás, lo que podemos afirmar que existe sin duda alguna no es la realidad, sino su percepción.

¿Que cuáles son los partidos políticos que no fomentan y manipulan la irracionalidad de los electores sino que estimulan en éstos la búsqueda de soluciones lógicas? ¡Ah! Eso es materia de otra conversación. Mi sugerencia es que se lo preguntes a mi primo Arnaldo en el teléfono de emergencias, a ver si el tema le alegra el día; porque esta plática ya se nos ha hecho muy penosa y yo carezco de respuestas; y, aun sabiéndolas, con la ciencia ficción y la angustia de mi trabajo ya tengo suficiente.

# DEUS IMPEDITIO DEFAECATORI NULLUS

Tienes que convenir conmigo en que hay hechos en el mundo cuya relación de causa-efecto es visible hasta para los ciegos. Nadar en agua helada, por ejemplo, es obvio que congela los cojones. Esa es la razón por la que, siendo Suecia un país tan grande, hay tan pocos suecos. Ningún individuo razonable disputará tal aserto. Pero al lado de estas circunstancias unidas por conexiones lógicas incontrastables, hay otras que, estando relacionadas, a primera vista no lo parecen. ¿Que cuáles? Te ofrezco una: ¿sabes qué son los pequeños promontorios alrededor del pezón en las tetas de las mujeres? Son Braille y dicen: "Mamar aquí". Este golpe de mano criptográfico, me lo ha revelado el diputado Del Burgo, forma parte de una conspiración secreta entre los ciegos y las tías para exterminar a los bebitos videntes y torturar a mogollón de mamones, escamoteándoles las instrucciones que tienen frente a la nariz.

Ahora bien, las que son todavía más curiosas son aquellas que, pareciendo absolutamente todo lo contrario, están ligadas indisolublemente. No. No es un trabalenguas y tampoco me refiero al golpe de estado de ETA contra el gobierno del PP y la autoría intelectual del 11 M. En ese caso particular, los retorcidísimos vericuetos que llevan de un concepto al otro los han explicado muy claramente Aznar y el locutor ese de la COPE, graduados eméritos de la Academia de Policía *Groucho Marx*. Me refiero a otros pujos y otras diarreas mentales. Claro, tengo que admitir que a mí los misterios de todo tipo me pirran, por mal digeridos y regurgitados que estén.

Sin ir más lejos, ayer soñé con una estancia en los Estados Unidos, gloriosa nación de vuelta en el bando de los buenos y reintegrada al papel de ombligo del mundo, gracias a la gesta inédita de elevar a un ciudadano rico en melamina y llamado Hussein a la Casa Blanca[3]. Soñé en minúsculas como e.e. cummings y, como cualquiera de sus poemas, el tema al principio no tenía ni pies ni cabeza. Pero al despertar me vino todo de golpe a la ídem, sin interrupciones ni cortes comerciales: de repente descubrí la vinculación del culo con las témporas, la complicidad de la calistenia con el óxido de magnesio y la clara correlación que existe entre la geografía física y la angustia. ¡Por fin entiendo la irresolución de Mariano Rajoy para marcar distancia con su predecesor!

Sígueme, por favor, mientras te narro mi visión en tercera persona.

«chico, el paisaje cambia y te cambia la perspectiva. y terminas congraciándote con los chavalillos preguntones y sacando ventaja de las culpas de tres generaciones de blanquísimos anglosajones, que se quieren lavar a punta de ofrecer el coño a cualquier representante masculino de minoría racial que se arrima, a fin de disfrutar una satisfacción más propia de un tercermundista, exhibiendo su botín de guerra de revancha; como el bárbaro al entrar en las vías de roma. cosas de esta vida en un imperio que se tambalea e

---

[3] A ver cuando nos toca un gitano de Presidente en España.

implosiona y de esta ansia de cambio, de transformación, de iniciado en altas esferas, de circunstancias que promueven sin que medie ninguna alteración externa en tu persona, personaje invitado.

y aquí estás, en una jornada de rompimientos, de pujos, de esfuerzo, de desgarres. y en medio de la cena y de la evaluación de los parientes que, con caras que reflejan parcialmente los rasgos de la de tu trofeo, te escrutan desde las frases banales hasta el silencio, necesitas preguntar donde está el váter porque si no te ensucias en la propia silla.

y para allá vas, apretujando las nalgas para que no se salga, catapultada irrealmente por el metano, esa metamorfosis biológica de la materia alimenticia en heces, más conocida como mierda, que intuyes grande y poderosa, en bouquet y en textura, porque este invento del pavo relleno y la salsa de frambuesas y las papas plásticas en puré con los granitos de maíz, después de toda una vida a punta de tortilla de patatas y sopas de ajo, le añade una dimensión al proceso digestivo entre el borde de lo virtual y la frontera de lo inimaginable, que casi escapa al alcance de tu mano. y el choque evidente con una situación, una interacción tan prosaica, induce al rompimiento con lo soñado, con lo etéreo, con la idealización de este proceso de mentirijillas parchadas con la gringa rubísima que recién te has ligado que llamas romance.

y para tu desmayo, el servicio queda justo detrás de las sillas de los padres de tu diosa platinada. cierras la puerta como puedes y de golpe y porrazo parece que la celebración no está fuera, sino en tu intestino, y que la orquesta se va arrancar a tocar el pasodoble que presagia el inicio de lo que no va a parar en toda la noche y que te elevará a las alturas del placer y la vergüenza, todo sudado y como diciéndote: adúltero o falsario, o corres o te encaramas.

a fuerza de pura voluntad de macho vernáculo logras bajar la cremallera y hacer descender pantalón y calzoncillo a media pierna, antes de que los primeros compases de la música te deshonren el algodón de esa pieza marca abanderado, que es un recordatorio para la tierna piel del vientre de las maravillas de la industria nacional. y aposentas el trasero, mientras contraes desde el latisimus dorsi hasta el musculito más ínfimo del esfínter por ese microsegundo de dolorosa angustia existencial que constituye una cagada contenida, hasta que se desata la tormenta y no lo puedes creer, de tanto alivio y tanto volumen. rayos, centellas, ¡coño!, se ve que tantos frijoles mexicanos refritos y tanto guacamole, la noche anterior, no tienen que ver con el origen ni la genealogía, sino que lo de ellos es ley de gravedad, callejón sin regreso y bajada desde un colon que no queda en panamá sino en la vecindad del yeyuno.

pura pasión, puro entrevero, un arte excelso y rotundo, con su música y su aroma y su presencia incontenible e innegable. y de improviso caes en cuenta de que esos mugidos estruendosos en sol y en fa mayor que articulaste con el ano te van a dejar en evidencia, sin importar cuan afinado te salió cada arpegio y cuanto virtuosismo le pusiste a la ejecución, y la angustia te hace su presa una vez más. ahora si la cagaste, piensas, lo cual es doblemente cierto y no solo en el sentido en que te figuras. ¿cómo sales a dar la cara, con ese cartelón de pedorro que esos gases musicalmente entonados te acaban de colgar al cuello desde detrás de la puerta, para enfrentarte a la distancia que el idioma y la raza te tienden desde la esquina de los parientes? y lo que es peor, aún quedan más notas en la partitura gástrica que te ha tocado en este concierto sinfónico.

desesperado mides, tientas, elucubras, pesando cada nuevo ejemplar gaseoso con las fibras más íntimas del recto, intentando adivinar el tono y el timbre con el que vendrán al mundo y darán continuidad a tu alivio o a tu vergüenza. la cosa se pone como angustiosa y contraes media nalga mientras aflojas la otra, para dejar que salga un cachito de pedo nuevo que te sirva de muestra para ajustar la vocalización del resto. y los traidores te engañan y se burlan de tu condición de inculpado en este juicio con tribunal familiar que son las cenas con invitado. rugen, truenan, vociferan, estallando como cornos ingleses en una obertura de Brahms, cuando tú quisieras que fueran mudos y silentes, meditativos y respetuosos: incienso y budismo zen. y con cada nuevo sonido que te deparan los gases delatores, piensas en lo útil que sería si pudieses al menos tocar una melodía conocida, como el himno nacional, para apelar al patriotismo de tus jueces en descargo de tu incontinencia intestinal. pero no, la vida es cruel y sin remedio, llena de circunstancias que convierten en escleróticas las mejores expectativas del alma y hacen náufrago a cualquiera que parte en su bote de orgullo personal a explorarse esos atolones donde no se ha puesto el pie, o la nalga, encima.

y de pronto te resignas, bueno, ¡que carajo!, si ya oyeron la primera media docena, ya no tienes que andar con más disimulo; y, a fin de cuentas, lo del hedor se arregla con encender unas cerillas y el cartelón de pedorro no se tiene firme si haces como que no ha pasado nada y regresas a tu asiento con la frente en alto del burgués victoriano que cercena de su vida los detalles de la corporalidad, dispuesto a mostrarle al público que tu tienes alta escuela para desembarazarte de las necesidades fisiológicas y sus afrentas. tu pasado lo confirma. y estás dispuesto a disfrutar a plenitud la salida de esos nuevos pedos, liberados y gozosos, y de los restos de detritus que te siguen pesando en los recovecos del intestino, cuando para tu terror descubres que la ignominia puede llegar a extremos que nunca se han soñado: el rollo de papel higiénico está vacío».

¿Ya te lo figuraste? ¿Dime si no hay aquí pistas oníricas suficientes para hilvanar la madeja que lleva del sueño de la España imperial y la admiración trasnochada por el imbécil del junior Bush; a la mala digestión, la desvergüenza desfachatada de las últimas deposiciones del prodigioso hijo emérito de Madrid y las vacilaciones de su sucesor? Recuerda que Madrid y La Mancha son vecinas. Y como a las buenas judías, La Mancha las cría, no me queda más remedio que aceptar la conclusión inevitable de que don Mariano Rajoy Brey, habiendo debutado en las elecciones pasadas ante todos los medios de comunicación como primo, no solo ha visto el fruto de las Papilionáceas cultivadas por José María y ofrecidas como primogenitura, sino que, descartando la lección de Esaú y lo que conviene a la nación, lo ha ingerido con premura insensata hasta el último bocado.

Y como los culpables de las fabulaciones Aznarianas no están ni en los desiertos ni en las montañas, pues han de estar en las rías. Y como las rías son primas de los fiordos, y en ambos el agua está helada, eso explica las deficiencias testiculares del abanderado Popular para separarse del tufo flatulento de su herencia política.

Claro, siempre cabe la posibilidad de que don Mariano no se haga el sueco sino que lo sea; de que yo esté como una cabra, escupiendo insensateces pseudo-literarias; o la de que el espionaje interno derechista y su propensión a ver conjuras ajenas donde no hay ninguna e ignorar las propias cuando no convienen, me haya afectado la retórica; llevándome a la paranoia y la ceguera y al hilvanar contínuo de sueños y relaciones traídas por los pelos.

Pero tú dime, honestamente: ¿ETA no es parte de teta? ¿Y la leyenda no habla de ONCE mil vírgenes? ¿Y la ONCE no vende billetes de lotería en Bilbao? Pues para mí está todo bien claro y por el humo se sabe donde está el fuego: el Gobierno conspira con ETA, las tías y los ciegos para destruir al PP y, por ello, hay que hacer piña con José María, Esperanza, Francisco, Grendel, Enkidu y otros zombies y harpías del partido. Y ahora que lo pienso, esta revelación me ha dejado como a Mariano, con el culo al aire, sin papel, y con lo que me gustan las tetas, ¡sin saber Braille!

# LA CITA

Finalmente he tomado acción.

Dicen que el primer paso para resolver un problema es reconocer que se tiene. Pues bien, hoy me asaltó la clara revelación de haber llegado al límite de lo tolerable. Sí; la situación es definitivamente anormal y me corresponde resolverla. Por eso llamé a Ernesto para pedir una cita y, afortunadamente, me la ha concedido. Mi amigo Alfredo me lo había recomendado, tiempo atrás, como el mejor para estos casos. Ya veremos. Pero déjame que te lo explique y creo que entenderás la urgencia del caso y por qué te he dejado plantado.

De un tiempo a esta parte las mañanas se me han llenado de visitantes. Primero fueron las canciones. Retazos de ellas, para ser más precisos.

¡Juh! Beibi, beibi is a guail uorl... Aill olgüeis rimember yu laic a chaild guerl.

Oír el radio despertador. Primera estrofa. Remolonear, tratando de prolongar la tibieza de las mantas más allá de lo que ha dictado la alarma. Segunda estrofa. Extender torpemente el brazo para, a ciegas, pulsar el botón que silenciará el sonido de una buena vez. Coro.

¡Juh! Beibi, beibi is a guail uorl... Aill olgüeis rimember yu laic a chaild guerl.

Coger y calzarme las gafas. Estrofa adherida al hipocampo izquierdo. Sacarme el pijama. Eco de otra estrofa. Dar pasos hasta el lavabo. Vuelta a la primera estrofa. Cepillo de dientes. Estrofa. Pasta de tres colores. Coro. Oprimir el tubo de pasta hasta decorar las cerdas del cepillo. Estrofa. Aplicar de arriba a abajo o de abajo arriba, según se requiera.

¡Juh! Beibi, beibi is a guail uorl… Aill olgüeis rimember yu laic a chaild guerl.

Luego se sumaron las memorias de infancia. Ninguna gloriosa. Ni siquiera neutra. Sólo aquellas con una refinada capacidad de ponerme la piel de gallina y hacer atractivo el suicidio.

Cosecha del 74. La vez que me cogió la madre metiéndole la mano entre las piernas a Alicia, la vecinita de al lado.

Sacudidas de cabeza para desprenderme de la vergüenza. Memoria de humedad culpable y cálida. Espuma de afeitar. Recuerdo embarazoso complementario. Maquinilla de tres hojillas. Vuelta a la memoria original. Untar la espuma a ver si me ayuda a esconderme de la sorpresa indignada de doña Concha. Pasar la maquinilla de arriba abajo y, una segunda vez, de abajo arriba, pensando en la conveniencia de cambiar el sentido al trazo de las hojillas y cercenarme la yugular. Memoria de gritos, jalón de orejas y cachetadas.

Primavera del 86. La vez que, por infame sugerencia de mi hermana, le dije a Alicia que estaba enamorado de ella y recibí su rotundo no, sentados en la acera frente a su casa, rodeados de un montón de chicas y chicos del vecindario.

Parpadeo súbito para ver si me esfumo en medio de una nube de azufre y fuego del averno. Memoria. Abrir el grifo y dejar correr el agua sobre la maquinilla. Otro ángulo de la misma memoria. Golpear la maquinilla sobre el sumidero para que se desprendan los restos de vello. Escalofríos de humillación retroactiva. Ahuecar las manos y llenarlas de agua para lavar los restos de espuma del rostro. Recuerdo de estupidez flagrante.

Primer grado de escuela básica. El día que el maestro se negó a dejarme ir al váter, por tercera vez esa mañana, y la diarrea hizo caso omiso a su exhortación de que me dejase de excusas para no completar los deberes. Aún recuerdo la sensación que transformó el asiento del pupitre en algo cálido y muelle. Lo que no recuerdo es si lo que me delató ante la clase fue la fetidez o los ruidos de la deposición.

Búsqueda infructuosa de un cuchillo para clavármelo en el occipucio y remover los recuerdos de una buena vez. Memoria. Dar unos pasos, correr la cortina y meterme en la ducha. Trozos aleatorios de la misma memoria: ducha del colegio. Abrir el grifo y hacer ruidos con la boca mientras el agua cae sobre mi cuerpo, con la esperanza de que, entre ambos, laven la ignominia. Vuelta a la memoria. Aplicar champú, frotando como un poseso, para ver si los químicos penetran hasta las meninges. Memoria. Enjabonarme una y otra vez, al constatar que el agua no ha borrado nada. Memoria.

Estas últimas semanas la situación ya se había complicado. Un buen día, no hace mucho, comencé a oír las voces de personajes largo tiempo ausentes.

La de Joaquín, el amigo de mi padre, con su desprecio habitual: "Pero ¿tú eres idiota o qué? ¡Tu padre tan listo y tú tan bobo! ¡Parece mentira que seas un Rodaja! No sabes dar una simple respuesta".

Secarme con la toalla, frotando con fuerza suficiente para arrancar la piel con la fricción aplicada. Voces. Colgar la toalla. Aplicar desodorante. Voces. Peinarme frente al espejo. Voces. Investigar el progreso de la caída del cabello.

El tío Paco: "Serás maricón. ¡Deja de llorar y sigue cargando las cajas! Es sólo un rasguño. Además nos quedan más de cien cajas para llenar el camión… Pareces una niña. ¡Cómo se nota que no eres mi hijo!"

Abrir el closet. Escoger la camisa y el traje del día. Voces. Finalizar el nudo de la corbata. Voces. Asegurarme que luce en su sitio. Voces. Coger las llaves del coche. Voces. Abrir y cerrar la puerta del piso y comenzar el recorrido del pasillo hasta el elevador.

Quizás te suene increíble, pero tal despliegue cotidiano de obsesiones no me parecía desquiciado. Hasta hoy. Hoy ha caído la gota que ha hecho rebozar el vaso: ¡Los autores de las voces se han materializado!

Al llegar al coche he encontrado esperándome a doña Concha, al tío Paco y a Joaquín. En qué momento han abandonado el cementerio, no lo sé, pero tenían todos cara de cabreo; como si llegase tarde y les hubiese hecho esperar sin excusa posible. Luego se les han sumado Alicia y el maestro Leonel. Éstos no sé de donde han salido porque tenía años sin saber de ellos.

El caso es que, en ese mismo instante, un relámpago me ha iluminado el entendimiento y he reconocido mi problema. Acto seguido, he decidido llamar por el móvil y pedirle una cita a Ernesto. Al confirmar que podía ser esta misma mañana, en lugar de dirigirme al trabajo, me he venido hasta aquí. Lo mejor en estos casos es buscar una solución lo antes posible. Espero que Alfredo esté en lo cierto y Ernesto me haga una buena oferta.

Porque una cosa es conducir un coche de dos plazas lleno de recuerdos, retazos de canciones y voces del pasado. Otra cosa es apretujar cinco personas adultas y una chica de dieciséis en dos asientos y yo ya no estoy para esas gracias adolescentes. Es más, si la diferencia de precios no es muy grande, en lugar de comprarme una berlina, salgo de aquí, del concesionario, conduciendo un monovolumen.

# PERDIDO Y HALLADO EN EL TEMPLO DEL HUMO

No sé donde arrojar la angustia que me inunda. Ya no me deja respirar.

Recuerdo caminar por una calle estrecha y mal pavimentada, delineada por casas grises de puertas cerradas, con un sol desdibujado pero agobiante. Sin viento. Sin aromas. De repente me doy cuenta de que, ahora mismo, no sé donde estoy y tampoco a donde voy. La realidad de la situación me revienta en la cara, como un mal anuncio a todo volumen al encender el televisor, y me asalta el pálpito de que algo terrible me espera al final del camino. ¿Es esto un sueño?

Como un episodio de lucidez en medio de las sombras crecientes que van dejando los estragos del Alzheimer, sé que lo que percibo es un destello de realidad que desaparecerá sin dar aviso. Y la angustia regresa a atarme un nudo en la boca del estómago. Me asaltan nauseas incontenibles. Una a una expulso penosamente las pequeñas mezquindades, desprecios y desmesuras con las que he salpicado a los que me quieren bien, en arcadas sucesivas. Culpa y dolor. Me duelen las entrañas y la sensación me revela que algo ha estallado. ¿Algo ha estallado?

Un chico joven, con rasgos aindiados, se me acerca trastabillando en medio de una densa bruma. ¿De dónde salió tanto humo? De forma instantánea comprendo que lo que me ha parecido inicialmente silencio es una masa compacta de ruidos diversos que, por alguna razón, escapa a mis oídos. Gritos, voces, sirenas. Con dolorosa atención trato de capturar los sonidos por entre los algodones con los que les filtra mi sordera. Las escenas se suceden una a una, como en una sesión de cine mudo que no cesa. Nunca cesa.

La sorpresa de que todo en esta secuencia carece de tonalidades se me abalanza y me coge por el cuello. ¿Por qué crecen los manchones oscuros en el cuerpo de la mujer en cuclillas cerca de la esquina? El color se le empoza, haciendo parábolas e hipérbolas irregulares, como plantillas de sastrería, en el suelo. ¿A dónde se ha ido el chico sudamericano? ¿Cómo es que sé su origen? ¿O es eso algo que forma parte de este sueño?

Veo a uno toser, doblado sobre la cintura. Veo polvo y humo. Sombras de otros cuerpos. Gentes. ¿Fantasmas? Ya te he hablado del humo, ¿no? Su presencia me recuerda que me escuecen los ojos y es en ese preciso momento que me doy cuenta de que la humedad que me resbala por la quijada es sangre. Sangre negra por sobre este escenario gris. Negra hasta que la miro en mis dedos y se transmuta en un rojo chillón que se mezcla con el humo y el ardor que me acuchilla los ojos. Sangre que asordina la cacofonía de esta tragedia, donde nadie atina a entender que guión estamos supuestos a seguir. Porque cada pieza suelta tiene sentido, pero no hay hilo que las una. Y eso es lo que lo hace tan difícil de entender: alguien quiere exterminarnos sin hacer excepciones. Alguien se ha propuesto destrozarnos en masa. Alguien ha hecho estallar explosivos. Nos quieren matar.

Matar. Solo por el hecho de ser lo que somos. Simplemente por estar presentes. Civiles, viejos, jóvenes, niños, ciudadanos, creyentes, escépticos, espectadores, transeúntes, viajeros distraídos en este melodrama. No importa qué tanta vida nos distingue, para ellos somos una misma criatura indivisible: el enemigo. Y se intercambian parabienes y sonríen triunfantes, viéndonos trastabillar, tratando desesperada e inútilmente de escapar a alguna parte donde la carne no se nos abra y las tripas no se nos derramen sobre el asfalto y la sangre cese de manar, en riachuelos elípticos y en goterones gruesos como de chubasco que caen hasta formar pozos y lagunas espesas. Somos el enemigo. Hay que exterminarnos sin preguntas ni vacilaciones.

Nunca he sido iluso. Sé que mis pecados y los de los míos se extienden en el tiempo y en la geografía. Sé que no somos los escogidos, ni los más virtuosos, ni los mejores, ni los salvadores del mundo. Sé que, en ocasiones, hemos cometido errores terribles. Pero, en nuestro descargo, puedo argumentar que nunca hemos derramado a propósito la sangre de inocentes. Y cuando a alguno hemos muerto, lo hemos expiado y llorado como propio.

Los que nos hieren son monstruos. No pueden aspirar a ser otra cosa quienes no tienen piedad de un hermano comprensivo, una hermana amorosa, una prima tolerante, una madre protectora, un padre dedicado, un abuelo bondadoso, una abuela paciente, un amigo generoso, una amiga que nos llena de alegría. No pueden ser sino monstruos quienes trocan todas esas memorias, los cuerpos donde habitan, los rostros que las identifican, los días que las amasan y les dan forma, en pulpa, desechos, bagazo y fluidos dolorosos de algo que llamamos carne y plasma y linfa y tuétano y lágrimas y sudor y muerte. Monstruos.

Y todo con el subterfugio de perseguir alguna idea. Una noción. Algún delirio. Empeñados en infligirnos las penas y el dolor que sienten que merecemos. Empeñados en refugiarse en sus mitos, sus leyendas, sus invenciones, sus tesoros y paraísos perdidos, sus agravios imaginarios, sus amarguras cocidas a la lumbre de distorsiones milenarias y hacernos pagar bien caro el precio de no compartirlas.

La presión en las sienes me revela que quiero ir a por ellos. Identificarlos. Sacarlos de la obscuridad en la que se esconden. Hacerles enfrentar la luz y el horror de lo que han hecho. Quiero atraparles y obligarlos a encarar la justicia. Con el respeto que no nos han mostrado, con la contención que amerita el no buscar venganza, con la serena convicción de lo que es correcto y el estricto apego a todo lo que es mejor y más noble en mí. Quiero que paguen el precio correcto por sus actos. Para que sepan que no pueden asesinar la generosidad, la tolerancia, la pluralidad, la condescendencia, el respeto, la amabilidad y el misterio cotidiano de compartir con otros lo que es estar vivo. Quiero ir a por ellos. Para que sepan que su sueño no puede nunca ser el nuestro porque, en el nuestro, todo lo decente tiene cabida.

No digas nada. No hace falta. Sé que puede parecerte que me pierdo, pero nunca he estado tan seguro de mi mismo y de en donde estoy parado. Entre el humo y el polvo y la visión del terror y los llantos de otros, ya no estoy desorientado. Tan solo mareado, adolorido, sordo y manchado de sangre. Sé que de algún modo he podido encontrarme y he podido nivelarme en el rasero de mis fallas y mis cualidades. Sé que quiero ir a por ellos: atraparlos, detenerlos, inmovilizarlos. Quiero aprisionarlos y tenerlos todo el tiempo frente a mí, para que me recuerden, como espejos paralelos, en innumerables reflexiones, que si me descuido y bajo la guardia no hay nada que impida el convertirme en uno de ellos.

Porque hoy, en el espacio infinito de un instante, he aprendido a sangre y fuego que no hay ellos y nosotros. Sino solo un caldo espeso, acre, viscoso y maloliente: el caldo común que nos hace humanos.